一路格桑花

陈秀梅 著

中国海洋大学出版社
·青岛·

图书在版编目（CIP）数据

一路格桑花／陈秀梅著．— 青岛：中国海洋大学出版社，2023.2
ISBN 978-7-5670-3430-3

Ⅰ.①一… Ⅱ.①陈… Ⅲ.①散文集-中国-当代 Ⅳ.①I267

中国国家版本馆 CIP 数据核字（2023）第 031019 号

YILU GESANGHUA
一路格桑花

出版发行	中国海洋大学出版社	
社　　址	青岛市香港东路 23 号	
邮政编码	266071	
出 版 人	刘文菁	
网　　址	http://pub.ouc.edu.cn	
电子信箱	1922305382@qq.com	
订购电话	0532-82032573（传真）	
责任编辑	陈　琦	电　话　0898-31563611
印　　制	北京建宏印刷有限公司	
版　　次	2023 年 2 月第 1 版	
印　　次	2023 年 5 月第 1 次印刷	
成品尺寸	170 mm×240 mm	
印　　张	10.5	
字　　数	145 千	
印　　数	1—1500	
定　　价	78.00 元	

如发现印装质量问题，请致电 13391562765 调换。

序　言

她，是高原上的格桑花

左润清

　　人和人之间的缘分，说来真的很奇妙，也许是前世的一次回眸，也许只是在人群中多看了对方一眼，总归，我和陈秀梅老师的缘分就这样开始了。记不清具体是哪一天，大概也只是一个平常普通的日子，我们在一个文学群里互加了微信，从此开始了微信神交。

　　陈老师的散文集《一路格桑花》即将出版，突然有一天（其实记得很清楚，2022年3月31日），陈老师托我为这本散文集写一篇序。说实话，我当时吓了一大跳：一是我从来没有为人写过序或者评，当然对自己的水平也非常有自知之明，所以我脱口而出就是"我哪有这个资格哦"，这话绝对没有半点自谦的嫌疑，说的是大实话；二是也非常意外，陈老师竟然没有找名人名家，而是让我一个籍籍无名且根本算不上作家的"作家"写序，更何况我们还素未谋面。我心里有一个大大的问号。陈老师倒是特别淡定，没有搭我的话茬，搞得我心里还有点忐忑不安。后来，我仔细想了想，也许是我用了太世俗的眼光，反倒亵渎了陈老师的纯粹。于是，心里短暂纠结了一下，还是欣然提笔——我姑且认为写了不算序的序吧，就是写下一篇文字，对陈老师本人以及她的文字聊表心意。

　　初识陈老师时，习惯性地去翻看了一下她的微信朋友圈，说实话，好

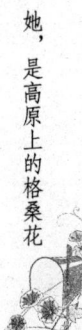

感倍增。不管是寥寥文字，还是零星配图，都是清新、亮丽的，就像她所立足的高原一样，阳光明媚，绿水青山，让人由衷赞叹。当时心里想的是，这一定是个美女！终于，在朋友圈里看到了陈老师的庐山真面目：时而长发披肩，时而马尾高束，时而花苞半扎，不仅是实打实的美女，还是很年轻、很脱俗的美女！人们对美好的事物大抵都是没有抵抗力的，从此，对陈老师的印象又加深了许多。

有一次在无意中知道了陈老师是地道的藏族姑娘，脑海里瞬间飘出来一首歌："你有一个花的名字，美丽姑娘卓玛拉；你有一个花的笑容，美丽姑娘卓玛拉。你像一只自由的小鸟，歌唱在那草原上；你像春天飞舞的彩蝶，闪烁在那花丛中。啊，卓玛，草原上的格桑花……"陈老师鲜活的形象映在眼前。再看看这本散文集《一路格桑花》，顿时有一种置身于高原上格桑花海的错觉，似乎我正盛装接受她洁白的哈达……

陈老师是一个喜爱大自然的人，只要稍有空闲，便能看到她徜徉在大自然的身影。也许是高原上的阳光特别通透、明亮，人也活得更加通透、明亮。在陈老师的笔下，无论是一株狗尾巴草，还是一棵沙棘树，无论是巍峨的雪山，还是辽阔的草原，总能被她捕捉到不同寻常的闪光点，惹来众多的啧啧赞叹声。每每看到陈老师纤细的身影和宁静的脸庞，不得不感慨岁月之静好，那是一种远离了繁华喧嚣的淡然，一种心无旁枝末节的怡然自得。我想，只有内心真正平和且真正热爱大自然的人，才能与之如此和谐。

陈老师生于高原，长于高原，扎根于高原，高原的山水不仅养育了她，也滋养了她的身心，让她笔下的文字不仅充满灵性，也充满烟火气。"一场一场的秋色将温柔地漫过我们，我们也会变成自然的一分子，学会温柔地爱一株草，一朵花，一枚树叶，一只猫，或者一个人。""每个人心中，或许都有一只沉睡的蜉蝣，或者一片安静的芦苇。行走的时候尽管行走，灿烂的时候极致灿烂，哪怕只有一日，或者一秋。"这样的句子没有什么技巧，说不上惊艳，但读来就是有一种莫名的温暖，就像秋日午后的一抹暖阳，不仅暖身，也暖心。

在这本散文集中，作者的笔触更多的是故乡，以及与之相关的人和物，不管是芦苇、合欢树、石板房，还是石榴、核桃、四季豆，不管是外公外婆、父亲母亲、兄妹几人，还是老师、学生、山里的孩子，都能从中体现作者真挚而细腻的情感。她的文字中没有刻意的渲染，没有多余的铺垫，大多是娓娓道来，有时甚至比较直白。但什么是好的作品？我认为，能打动人心的作品，能让读者产生共鸣的作品，不能没有一席之地。

高原下雪太常见，可以说是见惯不怪，可"下在道孚的雪，是被渡化的"，渡了谁？"人们围钢炉而坐，寒冷归于温暖，躁动归于平静，屋顶冒出的袅袅炊烟，让所有的荒凉都被原谅。沉重的、烦琐的生活里的鸡毛蒜皮，都将被一场接一场的雪覆盖。"往事不记，旧事不提，随雪覆盖，随烟飘散，待春来，又是一季花开。"草丛中，偶尔探出一株桔梗花。它如一个紫色的精灵，花姿高雅宁静，清心爽目，给人以宁静、幽雅、淡泊、舒适的享受。难怪有人说桔梗是花中处士，不慕繁华。"这难道不是陈老师自己吗？她扎根在高原，耕耘在教育一线，不慕繁华，不羡都市，在四季轮回里，坚守自己的初心，把爱的种子播撒在孩子们的心里，播撒在那片生养她的故乡。

陈老师的文字很有烟火气，但她却是一个十足的文艺女青年，生活中的平常琐事都能处处充满情调。大概是女人懂女人，我也非常喜欢她的少女心和浪漫情怀。蓝花楹盛开的时候，整个西昌被染成了紫色，那是梦幻的颜色，浪漫又动人；"在邛海，古老的荇菜从《诗经》里翩跹而来"，"这柔软雅致的生命在邛海里草意盎然，又诗意蔓生"；高原上的"二叶唇兰、草玉梅、点地梅、狼牙刺、藏波罗、牧马豆、川赤芍、西藏杓兰……"，每一朵花都有一个世界，而她，想"住在花朵里"。不知道在花开的时候，她是一袭白裙飘逸，漫步于花间，还是身着藏族盛装，蹁跹于高原？

"在高原，每一朵花，都是格桑花""每一朵野花都有自己的世界。她

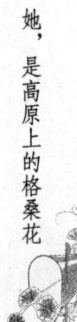

她，是高原上的格桑花

03

们积蓄了一冬的风雪、一春的雨露，绽放在夏天的高原""在猎猎飞扬的经幡下光芒万丈，在袅袅的诵经声中回归救赎。每一朵野花都在光阴里照见前世，便成了此生不可模仿的风景"，这些充满意境和哲思的句子信手拈来。可在我眼里，她自己又何尝不是一朵花！"光阴如花，高原的野花便如时光里逆行的自己，经历过风雨、践踏、泥泞、彩虹、荆棘，却依然保持绽放的姿势。"

最后，真诚地祝愿陈秀梅老师像高原上盛放的格桑花，不惧干旱，不畏严寒，铿锵有力，优雅洒脱，始终以昂扬的姿态，接受风雨的洗礼。也祝愿陈秀梅老师的文字更上一层楼，继续书写如诗如画的新篇章！

2022 年 4 月 20 日于成都

左润清，笔名左左、润清，"80后"，文学爱好者，主要创作散文和诗歌，作品散见于《西南作家》《蜀本》《大渡河》等报刊和网络。现为四川省散文学会会员、四川省诗歌学会会员、"诗歌巡洋舰"外联部主任，成都圣轩文化传播有限公司总经理。

目录 CONTENTS

序　言 / 01

当一只猫爱你 / 01

石板房的记忆 / 04

转身，遇见秋 / 07

痛并温暖着 / 09

如果核桃会说话 / 12

吊在记忆里的甜 / 14

又见芦苇 / 17

野生菌 / 19

大山的孩子 / 21

今宵独钓道孚雪 / 24

瞿麦几度花 / 26

故乡多梅树 / 28

那时菜花开 / 30

老黄历翻过的日子 / 32

手不是手，是岁月许下的温柔 / 35

蜀南·嘉州 / 38

倔强的酢浆草 / 41

回味仙桃 / 43

西藏枸兰 / 45

黏　果 / 47

草木人生，皆是韵味 / 49

莎莎饭 / 52

逾越一朵花的距离 / 54

敬你一碗酥油茶 / 56

道孚的根雀 / 59

繁茂的春天，定会盛装而来 / 61

臭猪肉 / 63

雅砻江畔年味浓 / 65

我已长发及腰 / 67

母亲的菜园 / 70

我的外公 / 72

纯朴如花 / 75

又见合欢树 / 78

拾柴小记 / 81

守望拉姑萨 / 84

最是那碗土酒香 / 86

南山下，以草木为邻 / 89

氤氲的豆皮香 / 91

屋檐下的春天 / 93

新　衣 / 96

这个世界总有人在偷偷爱着你 / 98

书香做伴 / 101

生活中的镜头 / 105

布满时光印记的银饰 / 108

忆儿时端午 / 110

灶　房 / 112

穿透岁月的电影时光 / 114

住在花朵里的西昌 / 116

路　上 / 118

碗中月光 / 120

家有小女 / 123

山河忽晚，人间已秋 / 125

秋天，一场质朴的回归 / 128

世间的遗憾，都是另一种成全 / 132

是滋味，是情怀 / 134

寒夜客来茶当酒 / 137

一花一世界 / 139

在南山，我是一只迁徙的候鸟 / 141

粥　记 / 144

三月，把时间酵出酸味 / 147

恐蛇记 / 149

人间烟火气，莫过于九龙腊肉香 / 152

远去的火塘 / 154

当一只猫爱你

秋天就这么来了。明快的阳光，一片片洒落，白杨树的影子长长地投射到地面，格桑花开在院墙旁边，全是八瓣。院落边矮矮的砖墙，在幽深的蓝天下泛着颓败的光。今年的雨水多了些，矮墙也裂开了好几道缝隙，阳光开始一点点右移，只一会儿，就染红了那棵只结了稀稀疏疏几个果子的根雀树。

突然，一只毛色浅黄的猫朝我径直走来，三步两步就走到了我的面前。有些爱猫人士，常常痴迷于猫的完美侧颜，惯于给猫看相，从脸型就能分出圆形、方形、三角形，于是总结出了猫的性格——安静温柔的、独立外向的，甚至是活跃聪明的。我仔细看了眼前的这只猫，无法识得它的面相，无从判断它的性格。可能我对猫，从来谈不上喜欢。

因为那年，竹楼上的老鼠猖獗，玉米棒子被啃得七零八落，那只花五十块钱买回的猫却不思捉鼠，整天懒洋洋地躺在院墙的角落里晒太阳。

那个夏天，在老家度暑假，早晨起床，睡眼惺忪。刚拉开大门，走到院坝，便见一条小蛇直挺挺地卧在那里，我被突如其来的恐惧惊得又吼又叫，母亲一骨碌起床出来查看，才知道那条小蛇已经死去多时，又是那只猫搞的鬼。

那年，邻居的鸡笼里有三只白花花的大母鸡，每天生下新鲜的鸡蛋，等她劳作一天回到家里，只剩下了两只母鸡，在猫睡觉的窝旁，留下一地鸡毛。

　　每到发情期来临之时,大量的母猫都会发出与往常柔和的"喵喵"声不同的叫春声。猫是夜行动物,我们听到的聒噪叫春声也大多发生在夜晚,在我们本应该安静入睡的时候。

　　我不爱猫不仅仅是因为亲眼所见的它的种种劣迹,更重要的原因是,我怕猫。

　　小时候,在凉山的老家也养猫。在那个大家庭,人多,养的动物也多。养猫不为捉鼠,只是一种沿袭下来的习惯吧。在火塘边三脚锅庄的灯台上摆了一个小小的盘子,有时是猪油炒饭,有时是一小块腊肉,那小猫从未错过主人家的饭点,每次都吃得津津有味。吃饱了,它就钻进家里哪位叔叔的怀里,温暖地睡去。

　　有时候,它也准备钻到我的怀里来。它来的时候,先从地上一跃而起,准备跳到我的腿上,再钻进我的怀里。每次,它一沾到我的大腿,我就惊得大叫,它顺势将爪子抠住我的腿,我一动,它就生生抓出几条痕来。那钻心的疼痛让我一度拒绝去想那只猫张牙舞爪的背后,其实藏着一颗敏感易碎的心,那一身坏脾气就像多年以后的我,需要多么难得才能等来一个温暖安心的怀抱。

　　拒猫于千里之外很多年了,可还是遇见了这只猫。它是一只从小流浪的猫吧,过惯了食不果腹的日子,身材消瘦、脸型尖尖,虽然,我没有投喂它,它却依然对我亲昵。走到身边,它就开始用头蹭我的身体,那柔软的身躯在秋天清朗的天空下自带温情。真想抱起它,改变对猫的这许多年的误解,它可能会高兴地翻个身,露出它白白的小肚子,接着伸出小爪子攀住我的手,睁大眼睛望着我,那琥珀色的瞳仁清澈如许,让我可以在里面看见自己的影子。一切都源于这只猫掉毛,那些碎毛一根根沾在我的裤腿上,触目惊心。可能世上最悲伤的事就是我掉头发、猫掉毛吧。

　　它在我的旁边待了很久,后来终于是离开了。在上坡途中,它突然站定,专注地盯着前方,摆出一副要打架的姿势,我仔细一看,原来它的前面有一只灰褐色的、小小的蚂蚱。不知道蚂蚱有没有看到猫,它是做好了遇到危险只有面对、从不逃避的准备吗?只听咻的一声,那只蚂蚱就进了猫口。

这个世界原是丰富的，正如丁立梅所说："橘子有橘子的甜，苹果有苹果的香，香蕉有香蕉的软，梨子有梨子的脆，在很多时候，实在不能比出，谁更优越于谁。"于是，我开始爱那只猫了，正如它爱我。

一场一场的秋色将温柔地漫过我们，我们也会变成自然的一分子，学会温柔地爱一株草，一朵花，一枚树叶，一只猫，或者一个人。

石板房的记忆

　　自从把家搬到大河边①，在一块叫"生地坡"的沼泽地里建了房。"生地坡"按照我们那里的意思是，从前不是地，开垦后，也便成了地。

　　这块地没有一小块是平整的，都是陡坡，还是沼泽，地下水滋养了苔藓和各种野草，特别是丝茅草长得异常茂盛，翠绿的叶子在风中坚韧地摇来摇去。看着是绿色的草皮，一脚下去，在胶鞋上带出来的不仅有黑色的淤泥，还有缠绕的苔藓，伴着阵阵恶臭向鼻孔袭来。

　　那年，我家就在这样一块沼泽地上修了石板房。砌墙的石头，是从很远的地方用"二锤"将大岩石打成的不规则的大石块。打石头的活，需要力气大，村里的青壮年是主要劳动力。我试过用"二锤"打石头，单是拿起那工具，都需要花费九牛二虎之力，更不用说高高举过头顶，再狠狠落下。"二锤"落在石头上那刻，一定是将手臂甚至手掌震得生疼。村里人就这样，生生用自己的力气，将大岩石打成一块块砌墙用的石头堆放在那里。

　　将堆放的石头运回修房的地方，就是妇女们的事了。背夹子上整齐地立上几块石头，因石头的沉重而被压得步履蹒跚，她们在山路上歪歪斜斜地走着。

　　碎了的小石头，也是有用的，用竹撮箕盛上倒入背篼里背回来，砌墙

---

　　①大河边：四川甘孜藏族自治州九龙县烟袋镇旧称。

师傅会倒在墙内的空处，做"填充物"吧，我们那儿把这种小石头叫"碎石"。每一块石头无论大小，都物尽其用，成了房子外墙的一部分。

不久，房子的外墙修好了，最后一道工序就是在房顶上盖石板。石板颜色青白，厚度均匀，硬度好。采集石板的任务交给了当地的一个七十多岁的老石匠，他胡子花白，皱纹深刻，古铜色的脸上布满岁月的风霜，嘴里吧嗒着旱烟，因为耳朵不灵便了，人们都叫他"聋子向"。

聋子向有一套采石板的工具，除了锉子，我几乎叫不出名字，只见他用钢钎和铁锤稍微一敲，一整块石板就落了下来，整整齐齐，厚薄均匀，只需要用锉子简单地裁一下，就可以用了。

那天，他坐在一堆采好的石板上，嘴里吧嗒着旱烟，一双苍老的眼睛望着远方。趁他不注意，我拿走了锉子，学着他的样子，一小锤敲下去。突然，一阵钻心的疼痛从我的右手小指传来，我没从一块大青石上奇迹般地剥下来一块大石板，等来的是我的小手指血流如注。直至后来，我的右小指留下疤痕和轻微的残疾，再也无法伸直。

选个好日子盖房，石板从檐口铺起，块块叠压，错落有致，至脊而收，宛若鱼鳞，形成自然的弧线，便于双坡排水，而不用像瓦片屋顶那样留出排水沟，我真佩服老家的这些能工巧匠。

秋天，我告别了一整个夏天睡在竹制簸箕里在空旷的夜晚仰望星空的日子，终于搬进了新房。我看到早晨湿漉漉的石板上涤荡着浅秋的露水，在阳光的照射下，格外耀眼。

殊不知，住石板房的日子却是那样的清苦。

父亲连夜从高山上砍回来几大捆小金竹，那外皮黄褐色的竹子看起来异常坚韧，没几天，我家客厅上面多了一层竹楼。竹楼通风透气，从地里收回来的玉米剥去外皮，全铺在上面。还没来得及感受小小的丰收带来的喜悦，老鼠就肆虐起来了。每当夜深人静，老鼠们就在竹楼上的玉米堆里上蹿下跳，吱吱乱叫，玉米被啃得七零八落，从竹楼缝隙里漏下一颗颗的老鼠粪便。原来竹楼与石板房的完美搭配为老鼠提供了安营扎寨的场所。

冬天，我家的厨房冒出了一股"涓涓细流"，可能是将房子建在沼泽

石板房的记忆

地上的缘故吧。水流量比较大，我家就在厨房挖了一口小小的水井，收集地下水，然后再挖一个小水沟，将它们排出去。

也是这个冬天，外公搬到我家住。母亲为外公在客厅置了一个小小的地铺，我也跟着外公睡在这个小小的地铺上。每当深夜，外公发出浅浅的鼾声，我却看到一群光头的小孩儿在地铺旁边的小水井戏水，甚至，那群小孩还过来扯我的头发，捏我的脸……每次外公都在我声嘶力竭的叫喊中惊醒。接着，他嘴里念念有词，我悠悠睡去。

第二年，外公生病离世，我家里撤去了地铺。我跟着姑妈睡在小房间里。每当深夜，我分明看到各种颜色、形状、大小的蛇向我追来，无法躲避。每个深夜，全家人都在我的惊叫声中惊醒，父亲打开鸡圈门，捉到那只白色麻花的"菩萨鸡"，掐住它的鸡冠，一边念念有词，一边将鸡冠血点在我的额头。于是，我倒头就睡，再未见过"蛇"。

许是沼泽地的原因，没几年，我家石板房的墙壁很多处裂开五寸深，乡政府来人查看了，说那是危房，我家又要开始在新的地方修建另一个石板房了。

多年后，我家的老屋变成了几条石墙。从前卧室的地基上，一条通村连户路从中间穿过，人们叫它"老屋基"，每逢农闲，人们就在那儿扎堆聊天，聊得最多的是，他们中的好多人都在那儿见过一条碗口粗的大蛇。

转身，遇见秋

时序已至深秋，有不少白杨树叶变黄坠落，湿地公园的栈道上新添了一片金黄。据说田野人家的院里，已有了丰收的意味。

杏子树未冠以谁之名，随意地长在山坡上。树下有干透的核，一地都是。可能，杏子成熟的时候，树枝坠得快要垂到地上了吧。秋天的阳光依然灿烂，躲在杏树下，听乍起的秋风呼啦啦吹过，随即，两三片叶子自空中翩翩落下。"看，那家伙！"闻声望去，好家伙，一条肥嘟嘟的大青虫正朝我坐的方向爬来，莫不是刚才那阵秋风，惊扰了它的梦，索性它也落了下来？

记得小时候，每年摘花椒的季节，一不小心就会在花椒树的枝条上遭遇大青虫，我会立刻放掉那根枝条，撒腿就跑，只听身后嗖的一声，枝条就擦上了旁边摘花椒的人们的眼睛。

还听说，有一次，恰逢摘花椒的农忙季节，有家刚能坐起来的孩子没人看管，让他坐在花椒树下的一块垫子上，等大人们摘完花椒看孩子的时候，发现他手里捏着的那条大青虫已被他吮吸干净，只剩了外皮。刚听说时，心有余悸，后来，满是心酸。对大青虫，我也心存恐惧。

有一次，我们兄妹仨去地里采马铃薯叶，一触碰到叶子，就发现好几条大青虫死死地粘在叶片上，轻轻弹动着尾角，当时，我的头皮发麻，收拾好背篼和镰刀，一溜烟跑了。

农村长大的孩子没被大青虫惊吓过，不算有完整的童年吧。

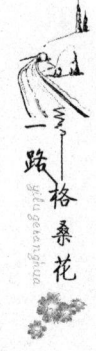

此时，这条大青虫还在往前爬，我离开了杏树，换了个树冠不能覆住的地方重新坐下。

某人开始逗弄起青虫来，他找来小木棍，帮它重新回到树上继续啃食树叶。大青虫或是在树上待腻了，或是向往着大地的温度，它几度从树上下到地来，依然没闲着，一直往前爬。某人说，这是"一号选手"，说时迟，那时快，"二号选手"也来了，在这条大青虫的后面，还跟着另一条，以更快的速度向前爬着。某人又去逗弄那条了，没想到，它的身体一触碰到木棍，便拼尽全力扭动着肥硕的身躯，想挣脱两根木棍的羁绊，弓起的身体一次次从两根木棍的缝隙掉落。它真是运动健将，依然爬得飞快。大青虫是成双成对出现的，后来，某人将两条大青虫捉起来，放入了旁边的草丛中。他说，每种动物都是无辜的，只是忠实地履行着上苍赋予自己的生存权利。

"青虫也学庄周梦"，不知道是庄周做梦，梦见自己变成了蝴蝶，还是蝴蝶做梦变成了庄周。转眼，两条大青虫都隐没于秋天的荒草中，它们美丽的一生，从憨态可掬的幼虫开始，接着狂欢似的进食绿叶，把自己养得肥嘟嘟的，等秋去冬来，它们就得蜕变，结茧成蛹。慢慢地又蜕变一次，化成美丽的蝴蝶，欢快自由地飞舞角逐，完成一生交配产卵的任务，接着飞走休眠。至此，结束自己的美丽人生旅途，来年再生命轮回。

转身，遇见秋。我们在野旷人稀里，继续听突如其来的秋雨空洞的声音、猫走动的声音、各种虫子交谈的声音、风吹动纸张的声音、内心里植物次第生长拔节的声音。

痛并温暖着

蛔虫在我肚子里兴风作浪最厉害的时候是我小学阶段。腹痛经常毫无征兆地复发，说不定哪天就得罪了蛔虫，它在我肚子里连翻十八个筋斗，拉扯抓揪着肠子，让我极度疼痛以致扭曲了面孔，而缓解疼痛的唯一方式就是在地上打滚。

在我十岁以前，疼痛发作都毫无征兆，常常是饭吃到一半，突然剧痛，满地打滚，父母总是轮流背着我在院子里转来转去，转移我对于疼痛的注意力，经常累得他们满头大汗。

母亲不知从哪儿听说，灶灰对付蛔虫有奇效，一回家二话不说，直接从灶膛里勾出一些冷灰，还兑上温开水，用筷子搅拌均匀，灰头土脸的浆糊躺在搪瓷碗里，浑浊又丑陋。那刻我想到了洗衣粉，灶灰在平时担任了"洗衣粉"的角色，可以用来洗衣服，洗出来的衣服干净鲜艳，还像后来我读到的王小波的《红拂夜奔》里的一个情景；灶灰还可以担任"洗发膏"的角色，可以用灶灰水把头发洗得蓬蓬松松地披在肩上……反正，那时我坚信灶灰的强大一定会将我身体里的蛔虫"洗"干净。于是，我豪爽地一咕嘟将一大碗灶灰水一饮而尽。那样的豪气，古人有借酒消愁，我有借灶灰水消痛。我清晰地感觉到灶灰水慢慢滑过我的喉管，注入我的筋脉，流进我的四肢百骸，可惜，蛔虫并不怕它。

当蛔虫又一次在我身体里作祟的时候，母亲又找来一个驱赶蛔虫的方子。

　　那是一碗散发着黑褐色光泽的汤药。在母亲的连哄带骗下，我捏着鼻子喝起来，抿下第一口的时候，我感受到了什么叫"奇苦无比"，直到喝完整碗汤药，我想我已把此生所有苦的味道都吞下了。

　　后来我才知道，那是母亲刮下苦楝树皮用文火熬成的。那棵苦楝树赫赫立于村口，高大挺拔，树叶错落有致，密不透风。自从知道它的树皮苦涩，一直对这种树敬而远之，长大了才知道，它全身都是宝。苦楝树皮可以驱虫。苦楝成熟的果实呈褐色椭圆形，样子长得像沙枣，虽不能食用，却可以用来酿酒、制作润滑油和肥皂，难怪每年秋冬，老家的人们都在树下捡拾它的果子，拿到中药材店里卖掉。

　　苦楝树的苦让我忽略了它的花，直到二〇一九年在老家居住，才发现它开着紫色的小花，像紫丁香。记得某人说过，紫色的衣服优雅华贵，那就是一种雍容华贵的色彩。每朵盛开的小花，绽放的花瓣儿如一袭蓬蓬纱裙，花蕊亭亭玉立，虽然它的香气藏在花蕊管里，秘而不宣，但是那种檀香型的幽香只需要一阵风，便会钻进你的鼻孔、心田，清新淡雅，令人心神宁静。

　　蛔虫并不会因为我喝过了粗糙的灶灰水、苦涩的苦楝树皮水就停止闹腾。母亲也在跟我身体里的蛔虫的艰苦斗争中愈战愈勇。

　　她又听说蛔虫的天敌是石榴。

　　虽说老家的地理位置在雅砻江畔的峡谷里，一年两季农作物从未停止生长，被称为"高原江南"一点不为过，可惜土地金贵，能种一棵玉米的几寸土地绝不会让其他植物占了去。水果比较单一，除了梨子就是桃，石榴那样稀奇的水果在那个年代连名字都没听说过，更别说见到它的尊容。

　　母亲硬是找了石榴来。那是我第一次见到石榴。世间居然还有那么美的水果，密密麻麻的石榴籽宛若一颗颗红宝石，在阳光的照耀下格外晶莹剔透，吃起来汁多爽口。

　　如今，能见到我在城市的小区里遍植石榴，火红的石榴花争奇斗艳，早生的小石榴枝头可见，凋谢的榴花纷落在绿色的草坪上，红绿映衬，格外绚丽，那时，就想起我的母亲那年想尽各种办法为我找回的那个大石榴。

如今，可能我身体里的蛔虫从未隐退。

如今，可能有人每年提醒我吃下驱虫药。

可那些真实的生病岁月，因了母亲的不放弃，一直带着温度。

老舍说"大病往往离死太近，想来寒心"，不过我想，患点小病是必要的吧，它会让你咂摸出许多故事和回忆、温暖和爱意。

如果核桃会说话

　　雅砻江畔的大河边山区，到处挺立着高大的核桃树，仔细观察，其实核桃树并不美，粗糙的树皮如丛生的皱纹，仿佛在诉说着经年的风雨，只有那些核桃结得不多的小树才有光滑的树皮。

　　这里被雅砻江水千百年地冲刷后，形成了深深的峡谷，有着明显的亚热带季风气候。每到夏季，浓烈的阳光沉醉晴天，酷暑难耐。记忆中有两棵核桃树，给了我们无尽的阴凉。

　　核桃树长在我们上学的必经之路上，枝繁叶茂，生机勃勃，绿叶密不透风，枝丫上结出三五成群的青皮果子，树冠像一把大伞，把阳光遮住，我们走累了，就在树下休息，它就送给我们一片清凉。那时，它是一把伞，高傲地承受着烈日的炽热。

　　经过一段时间后，原来树上的青皮浆果已经长得如鸡蛋般大小，虽然果皮表面还没有裂开象征着成熟的缝隙，但是我们已经迫不及待地用石头砸开，欲挖出它那洁白的核桃仁一饱口福。那个季节的课堂上，老师经常让我们伸出双手检查，若被看到那双因核桃汁水飞溅染出的"黑手"，我们总免不了挨上一顿批评。

　　冬天，在几阵呼呼的北风中，核桃树叶掉光了。那时，我爬上一棵别人家的核桃树顶端，整棵树都迎着风摇摇晃晃，我却如孤独的长空单雁、雪里梅花，一玩就是一个冬天。瑟瑟的核桃树，不知道如何取暖，终究也挨过了一个又一个的寒冬。

某年，我家自己种的核桃树也结了果。正值青壮年的树，结出的果子肥实，两个一排，三个一串，还有好几个抱团的。看着沉甸甸的果子，一家人高兴得合不拢嘴，听母亲说，那是"新疆核桃"。"哗啦啦"的声响后，只见父亲手起棍落，树下坠满了果实。下树后的核桃自然放阴凉处几天，表皮便会出现褶皱，青皮会局部发黑，并流出浓浓的青黄色汁液。这时，青皮与坚果会自然离骨，母亲把核桃从青皮中一个一个抠出来，晾晒在簸箕里。

原来还真是新疆的纸皮核桃，它们薄薄的皮，撑着饱满的果仁，像幼孩的皮肤，轻弹即破。剥出的果仁，与母亲从地里摘回来的辣椒一起用猪油煎了，核桃仁的米白和辣椒的青红，不仅仅是视觉的彩色，更是在那个缺吃少穿的年代，味觉的丰盈。

长大了，各自在自己的营生里奔波，离开故乡的核桃树很多年。直到某年某月，在核桃成熟的季节，有人为你剥好一大筐核桃仁。因为剥那么多的核桃仁，手指头开裂，甚至被尖锐的果壳划伤，血流不止。手指的鲜血凝固在核桃果壳上，暗红到触目惊心。

这个冬天，你站在结满霜花的窗前，戒掉其他零食，吃着核桃仁，眼泪却如坏掉的水龙头，怎么关都关不住。那刻，抽掉了尘世繁华，只留下简洁干净，才知道阳光临窗，近身细语又如何？只有微风细雨的日子里触手可及的日常才最是珍贵。

吊在记忆里的甜

每年,腊月开始,老家的小镇便热闹起来。商家陆续将货品堆到了门外,占用了人行道,各种零食饮料一应俱全,应有尽有。在通往菜市场的斜坡道边,有人摊开簸箕,一层面粉上面躺着洁白的麻糖,旁边的背篓里整齐地码放着"花花"(雅砻江边特有吃食,状似沙琪玛)。顿时,无比亲切,那些小时候甜蜜的冬天,便涌现眼前。

入冬,母亲开始熬糖。她熬的糖看起来白净,吃起来绵软,敲起来干脆。那时候,麻糖、花花,就是我们三姊妹一个冬天的零食。儿时,有零食,便温暖。

准备熬糖了,母亲提前一周就要发麦芽。选出色黄粒大且饱满的麦子倒入盆中,清水浸泡,等不断涨大,便滤出,入筲箕,盖上干净的白纱布,放在温暖的地方,每天早晨舀一瓢水从纱布上均匀淋下。在时间和温度的催化下,没几天,筲箕底部冒出浅浅的密密麻麻的白根须,麦子也长出乳白色的牙角,母亲来看麦芽长势的次数多了起来,就怕麦芽太长,发青。等麦芽长到合适的长度,倒出来,先切成一片片的,剁碎,越细越好,接着兑水放入石磨碾压成汁。

还将泡好的粮食(大米或者玉米)也磨成汁,与磨好的麦芽汁混合,入铁锅,大火烧开,过滤掉渣子。那时候,没有粉碎机,一切工序只能在石磨上完成,我能给母亲搭把手。推完磨,我的右手掌多出好几个水泡。

过滤后的糖水要熬到浓稠,从起初到最后,大火、中火、小火的变换，全靠添加木柴来控制，这精微而讲究的事情，我们姊妹三个是做不来的，母亲只能一直守候在灶前，不断添加柴火，直到深夜。那时候，我们在等待成糖的过程中，往往已经睡熟，梦里模糊听到母亲喊我们起床吃"蒲花糖"（成糖后的糖水，也叫糖稀），它有食疗功效，能润肺止咳。揉着惺忪的睡眼，来到母亲面前，她用小碗盛了给我们喝，还舀一大盅另外存放，留待蘸馒头吃。

　　吃过蒲花糖，我便守候在灶前，等待母亲拿着"糖片子"（搅拌糖的木质工具）下锅炒糖。这时，我拿一支筷子只擀粘在锅边的一层薄糖吃，又香又甜，又有嚼劲，别提多有滋味。

　　正吃得欢，母亲说可以做花花了。花花是提前用状如小米的天须米放入铁锅温火炒出的，那时候，总会爆裂出一阵干燥浓郁的芬芳。现在就要将这芬芳与糖的甜蜜黏合在一起，这是多么美好的事情。我将天须米花舀一钵放入铁锅，母亲又撒几粒大米花，随即，用糖片子蘸了糖放进来，我负责把它们揉成一团交给母亲，她用菜刀左右交换，将这些团熟练地做成了"长方体"，规则地码放在一张簸箕里。每个花花上都有几粒米花嵌入，星星点点，煞是好看。

　　关于做这种花花，还有段小插曲。

　　那次，母亲半夜还在一个人炒糖，忙不过来的她从床上把我拎起来让我帮忙。我胡乱抽出一双筷子，迷迷糊糊地走到灶台旁边，闭着还没睡醒的眼睛，在铁锅里搅了起来，第一个，第二个……花花不知道做好了几个，突然一筷子下去，听到一声脆响，锅底就穿了两个洞，母亲停下炒糖，站在那儿唉声叹气，我闯了大祸，一下子清醒不少，躲在角落默不作声。要知道，卖掉这些麻糖、花花，也许才能换回一口锅。但是卖掉，我们的零食就没了，那时候我不心疼这锅，一直惦记这些麻糖和花花。

　　第二天日上三竿的时候，我才起床，母亲确实一大早去卖掉了那些糖，换回一口崭新的大锅。挨着年坎，母亲又熬了一锅糖。这次，在糖快起锅时倒入了很多对半开的、没压碎的核桃，能见到一颗颗的核桃肉，吃起来还香。

　　此后多年，母亲都要熬糖，做花花。有时放上核桃，有时放入花生，

吊在记忆里的甜

15

有时撒下芝麻，因为她熬的糖料足、味道好，在年关的市场上特别抢手，往往提早售卖一空。母亲常是用这些钱换回我的一件棉袄、弟弟妹妹的一双鞋，或者家里的那些油盐酱醋……

等到我参加工作，母亲熬的糖、做的花花，再不去售卖。要回去上班了，临行前，母亲为我装好几大包吃食，一定少不了糖和花花。

制作麻糖，工序繁复，随着母亲一天天老去，关于母亲专属的麻糖味道，终究只能留在我们的记忆里。

又见芦苇

　　小区旁边有一条河,河水席卷的黄泥,在岸边沉积,久而久之,便形成了黄色的泥滩,滩上长着一丛丛芦苇,长得多了,便连成一片。

　　饭后,习惯在滩头走走。春天,芦苇吐出新芽,新鲜翠绿,那嫩生生的小模样,轻轻一掰就断,让人忍不住心生怜爱。

　　芦苇经过春夏两季的生长,到了七八月,已经成林,婆婆密匝,绿得清澈。这时候,有小鸟在苇丛里啁啾鸣唱,不知道是否筑了巢,在这里安家也是极好的吧,可以谛听风过苇林的絮语。

　　儿时,母亲带着我去砍芦苇。老家的芦苇,长在一条深沟两边的斜坡上,沟底有清澈的溪水哗哗流过。母亲不让我们喝那沟里的水,说那蚂蟥会钻进肉里喝血、吃肉,直至人死去。我们是万万不敢触及那水的。长大了才知道,那水含有大量的硝物质,被称为"硝水",确实不宜饮用,而正是这些硝水浇灌了大片的芦苇,它们遇水而生,迎风起舞。

　　母亲拿着弯刀爬上斜坡,钻进芦苇林,选择苇秆壮实、笔直的砍下。不一会儿,她就从茂密的苇丛中拉出一捆捆芦苇。母亲用弯刀剃下翠绿的苇叶,又将光秃秃的苇秆放在一边。我从剃好的一堆苇秆里,找一根最入我眼的,用镰刀砍下两节,在中间掏两个小洞,接着放进嘴里,一边吹,一边不断变换捂洞的手指,悠扬的声音就从这苇秆里钻出来,在沟底、坡谷、苇丛里回荡,不知名的鸟儿应和着。那生命最初的诗意,一根根小小的苇秆就能挑响。

翠绿鲜亮的苇叶，是牛儿们的美食。我将背篼一背走到牛圈门口，几个牛头就伸了过来，纷纷张嘴抢食。那些笔直的苇秆，被母亲一根根插进四季豆的窝根旁，没过几天，豆蔓沿着苇秆往上爬。芦苇虽然不及大树挺拔，但也依然挺立，依然可以成为别人的依靠，这不慌不忙的坚强，长在骨子里。夏天，阳光和风雨都是倾泻下来的，苇秆干枯，甚至发霉，但它任豆蔓缠绕攀缘，开出粉色、白色、紫色的花，如一只只小蛱蝶点缀在它周围，接着，豆蔓上结出小豆荚。秋天，四季豆成熟，我们摘下豆子，拔出苇秆，丢进灶台，熊熊燃烧的火焰，是芦苇最后的灿烂。

芦苇这一秋，让我想到蜉蝣。《诗经》里用"衣裳楚楚""麻衣如雪"来形容这轻盈美丽的小昆虫，它的生命只有几小时到一天。这短暂的生命，它没有停留，而是用来行走，享受阳光，再尝尽人间风雨，穷尽一生，只看到世间一角。《诗经》里的芦苇是"蒹葭苍苍，白露为霜"，未免太清瘦，等开出花来，自己亦垂垂老去。

我还是喜欢行走，依然看南山下，海河边的芦苇。最近还看到滨河南路的河滩也有大片的芦苇。

每个人心中，或许都有一只沉睡的蜉蝣，或者一片安静的芦苇。行走的时候尽管行走，灿烂的时候极致灿烂，哪怕只有一日，或者一秋。

野生菌

在我看来，野生菌只能分两种，一种能吃，一种有毒，不能吃。

有毒的野生菌，无论是大朵的还是小朵的，无论是颜色暗淡还是艳丽，我都是喜欢的，不吃，就看着也好。

小时候，在老家，有一种野生菌长在夏、秋季的玉米地头，或者是荒草坡里，人们叫它"鸡枞"。鸡枞在能吃的野生菌里是最美味的。它的口感柔润爽滑，鲜香甘甜，炒菜、煲汤都极为鲜美。鸡枞是有窝的，一般不轻易搬走，所以去年长出来的地方，第二年又去，通常都能找到它。

"五月五，鸡枞拱土"，五月初五以后，每天清晨，我都看到好多老家的人，提着塑料袋穿行在玉米地、荒草坡间。不时有人捡到顶着盘或者还是蕾的白鸡枞或麻鸡枞，拿到市场上卖，多年来，鸡枞价格都居高不下。那时，我最羡慕能捡到鸡枞的人们，倒不是因为能拿到市场上卖多少钱，而是想着以哪种方式吃下这些美味的鸡枞。

有一次放学回家，那天农历七月十二，恰逢老家的中元节。有祖宗留下规矩，那天太阳落山后，是不允许下地的。但我偏要到地里去割猪草。我一个人钻进绿得黝黑的玉米树丛中，直奔着一棵桑树下那丛水嫩嫩的火炭草而去。还没等到割下这蓬猪草，一大片灰白色的野生菌刹那间映入我的眼帘。我丢下背篼，仔细一看，是一片白鸡枞，那刻，我因激动而发出的惊呼声，穿透玉米林，传入我妈的耳朵。她一阵慌乱，立即丢下手里做着的事，奔到我身边一看，才知道，我的惊叫是因为捡到了鸡枞。

野生菌

我牢牢地记住了那个捡到鸡枞的日子和那个鸡枞窝。后来连续几年都去捡，直到我小学毕业，便再也没捡到过。

究其原因，可能是我那惊呼声吓到了鸡枞窝里的头目"鸡枞马"——那只领头的白蚁，它再也不愿意待在鸡枞窝里领导它的工蚁，为我培植鸡枞了。想到这儿，多伤心。我妈安慰我说，没关系，原来的鸡枞窝不长鸡枞，它准是搬家了，离原来的窝不会太远。我翻遍了附近的地坎浅草，始终没有再找到它。这唯一一次捡到鸡枞的历史就这样留在了记忆里。

后来的暑假，我不捡鸡枞了。到老家的"火山"上捡其他野生菌，那时候，我认识了颜色如鸡蛋黄、菌盖上有浅窝的"丁盏窝"，状如刷把的"刷把菌"……

回到家里，我妈早已剥好几瓣雪白的大蒜等着。清洗好菌子，沥干水分，倒入熬好的猪油里翻炒，再丢下那几瓣大蒜，加盐，一盘鲜香的野生菌就端上了桌。

长大了，离开老家去工作，还是走进了大山。我经常说，从一座大山，又走进另一座大山，我是走不出大山的孩子。可是，我喜欢大山，喜欢山里的野生菌。野生菌不用人们给它浇水、施肥，凭着自己的力量就能长得鲜嫩肥壮。这里的大山长出的野生菌种类更多，我认识的就有獐子菌、鹅蛋菌、鸡油菌、大脚菇……

无论是鸡枞还是其他野生菌，烹饪起来都很简单，加盐加油加大蒜，炒着吃，或者洗净直接丢入鸡汤里，它们就有了最好的归宿。连那些有毒的野菌也长得茂盛，看起来也是可爱的。它们一丛丛长在朽木旁边或者草地上，便有了遗世独立的意味，有毒就不去招惹它，何尝不是一种处世哲学？

大山的孩子

我出生的地方重重大山，雅砻江从山脚下流过，但没有给这里的大山带来多少灵气。土地里一年只能长出一季土豆和玉米；爷爷的屋后只长着一棵高大的拐枣树和一棵果子奇酸的气柑树，那无法中和的酸甜，是我的童年。

沿着雅砻江边的茶马古道向上，一条弯弯曲曲的小路一直延伸到山顶，我家住在海拔两千多米的山腰。屋后是森林，长着常绿乔木和叫不出名字的灌木。每到秋冬，从松树上掉下的松针就积了厚厚一层，人踩上去，一不小心就会滑倒，母亲常常是用藤条编织的镂空大背篼，走进屋后的那片"松泡林"捡松针。每次她捡松针，都用一个铁笊篱，将松针钩到一起，堆成一大堆，再装进大背篼背回来。没几天，我家所有的圈舍都被垫得干燥松软，没用完的就在屋后堆成圆圆的一垛。

吃过晚饭，我们几个孩子，总是光着脚爬上草垛，再从顶端一个接一个地滑下去。来回几趟，这个松针垒起的草垛就被我们糟蹋得垮了下去，四散零落的松针被我们踢来踢去。母亲见这情景，就从院坝旁边的那棵野桑树上，折下一根枝条，高高地举着向我们追来。孩子们见大事不妙，一哄而散。只有我呆呆地杵在原地，等着那根细长的桑条向我飞来。

冬天过去，当布谷鸟的叫声在山谷里响起，寨子里的男人们牵出耕牛，手里拿着桑树枝条，一边吆喝，一边往耕牛的屁股上甩去，犁出的黄土地，泥瓣光滑地翻出来，不成瓣的泥土就扬起一阵烟尘；妇女们拿着锄头，腰上绑着装满苞谷、洋芋种的小竹兜，还有的在颈上挂着装满猪粪的

大山的孩子

21

大撮箕，点苞谷的人一双手都握着锄头，同时一只手捏着苞谷种，弯腰打好一个窝，熟练地丢下几粒种子，又迅速地盖上一层土，跟在后面的人随即丢上一捧粪。一天又一天，每一块地里都一行行一列列整齐地排列出星星点点的黑。远远望去，苞谷窝在毒辣的阳光下，就像一个个鸟窝搭建在金色的土地上。人们开始等待一场雨，好让这些"鸟窝"长出翅膀。

雅砻江远远地从山脚流过，那仅仅是流过，它没有从蒸发的水汽中匀出一部分为人们降下一场雨，母亲每天还是背水。那个木桶的一面，已经被母亲的背磨得光滑，它仿佛在诉说着一家人与饮用水苦苦纠缠的斑驳岁月，依在土墙角的那口石砌水缸，每天都满而清澈着。

雨季来的时候，从屋顶的石板上流下一股股的雨水，母亲搬来家里所有能盛水的器物，放在屋檐下。这两天，黎明的曙光中，便不会听到母亲早起背水时，木门闩的吱呀声。

因为有了雨水的滋润，万物都在生长着。不久，玉米挂上红色的须，南瓜牵出翠绿的藤，拉长着寨子里的岁月。

玉米熟的时候，没挂玉米棒子的空秆就成了我们的美味，这也是这片土地能长出的最清甜的东西了。我们用镰刀齐根砍下，撕去外皮露出白绿相映的秆肉，就像吃甘蔗一样贪婪地吮吸着汁水。那时候，要数一户姓孙的人家的土地里这种玉米空秆最多。小孩都跟在她家最小的女儿后面，叫她"孙小孃"，只因为她会做玉米秆糖。她砍下几大捆玉米秆，用斧头砸碎，又放在石磨里推，这时候汁水从磨槽里汩汩流到桶里，再将过滤好的玉米秆汁放入锅里，大火熬煮至浓稠，冷却后，她就分给大家喝。

即使这样，我还是盼望着我的外公能来。外公是一个矮小却有趣的老头，矮矮的个子，穿着黑色牦牛毛编织的粗糙褂子，头上顶着青布帕子，精神矍铄，眼睛放光，嘴里叼着一支烟袋，老远就能闻到兰花烟的味道。我经常跑到爷爷家屋后，老是幻想爬上那棵高大的拐枣树，一定能看到外公从遥远的山路上走来。有一次，真的看见外公从山下的小路上走来，气喘吁吁的外公，满头大汗地出现在我的眼前。还是那个矮小的老头，因走了远路没喝水的嘴唇已干裂，还没来得及歇一口气，他就卸下背上沉甸甸的编织袋。那是一个白色的编织袋，被外公用细绳一节节缠住，每一节都鼓鼓囊囊的，看起来就像缠紧的一节节香肠。

外公先解开第一节绳子，只见里面装着一堆橘子，一个个青里泛红，散发出诱人的清香，那是独产于雅砻江大拐弯峡谷的本地柑橘。我还没来得及流下口水，外公已经剥好了一个，掰下被白色膜衣包裹着的橘瓣塞到我嘴里，橘子的酸甜味，比起爷爷屋后那棵气柑树上的果子，不知道甜蜜了多少。说话间，外公又解开第二节绳子，只见口袋里躺着被砍得整整齐齐的甘蔗。外公从发黑的牛皮刀鞘里，抽出那把随身携带的藏刀，麻利地削掉甘蔗皮，再从甘蔗肉的顶端横着一刀下去，一分为二；再立着一刀下去，一分为四。我还没吃完橘子，外公又把甘蔗条塞到我手里。接着，外公打开第三节、第四节……口袋里露出红苕、芋头、白花花的大米……外公的口袋于我就是一个甜蜜的百宝箱，是大山深处那条弯曲小路上，关于童年的守望。

以至于长大后，面对着市场上琳琅满目的水果，我还是爱吃橘子和甘蔗。每次我买一大袋橘子回来，妹妹总是笑话我，说橙子水分好、糖分足、甜味浓，为什么偏偏买那酸甜的橘子，我总是说，橘子容易剥开。其实，关于橘子的记忆，那是关于外公，关于小路，关于大山那无法磨灭的印记。至于甘蔗，每年冬天回老家，母亲都买回两大捆，嚼在嘴里，满溢的甜蜜汁水，一度让我们忆起那些年物资匮乏的高山生活。

长大了，走出从前生活的大山，又走进另一座大山工作。熬过水、电、路"三不通"的几年艰苦生活，依然热爱。大山生活，虽然清苦，但弥足珍贵。

如今，经常坐车路过家乡的山脚。抬头望去，依然是莽莽大山。那条沿着雅砻江蜿蜒而上的小路，一直蔓延到大山深处。即便岁月斑驳，物是人非，外公的脚印一定是印在那小路上的点点凹痕。当清晨的阳光渲染出橘色的光芒，那条小路优美的曲线就再一次泛出光亮，大山的轮廓始终在脑子里回旋。那是我的大山啊，即便它的土地里一年只能长出一季的土豆和玉米，即便爷爷的屋后只有一棵高大的拐枣树和一棵果子奇酸的气柑树，那也是我的大山呵……

大山的孩子

今宵独钓道孚雪

　　这场雪，是下在夜晚的。北风呼啸后，悄然坠落，越下越紧密，直到全无姿态，如箭镞般直奔地面。

　　雪小禅说："风太粗暴，雨太冲动，雾太迷离，只有雪，适合听。"能听的雪，仿佛是适合钓的，即便不是南溪，即便未深处寒江。今夜，四下寂静，就让我钓雪，每一片都入梦，钓出堆在记忆里的那些雪中的温暖，然后，在真正的寒冬清晨醒来。

　　厚雪寂静无声，薄雪沉默不语。朋友圈里，下在北纬六十度的挪威的雪，是厚雪，雪粉优质，适合踏雪履冰，别有一番意趣。一场下在南方的雪，是有故事的薄雪。据说那场雪，徘徊在北方数年之久，只为等待一场凛冽的风渡它过南北之界的大河，只为不被一群小孩子重塑肉身，给自己装上丑陋的胡萝卜长鼻子、洋葱大眼睛、夸张的笤帚手臂、撮箕帽子，宁愿化作雪水造访南方青葱的山水。每一场雪，都是一个故事，在道孚的雪夜翻出来，依然空灵无瑕。

　　小时候，有两场雪记忆犹新。

　　第一场，薄雪，一粒粒下在故乡的松树上，如细细的白砂糖，让人忍不住踮起脚尖，想伸出舌头痛快地舔上几口。扒拉松针上的雪，一双手被冻得通红，松林里砍松光的表姨妈奔了过来，脱下那双粉黄相间的毛巾袜套在我的双手上。小外公是小学老师，在物资匮乏的二十世纪八十年代，每年冬天，他都会给表姨妈、表舅几个一人置办一双袜子。姨妈们的袜子粉的、蓝的，最是好看；表舅们的都是黑的、灰的，不讨人喜。那个冬天，无论是上山砍柴，还是背着书包上学，表姨一直光脚穿着黄胶鞋。她的袜子，成了我的手套。

第二场，厚雪，下在通往小外婆家的路上。那年，我五岁。外婆带我去看望她想念的妹妹。外婆的背篼里装着我们的换洗衣服、两块砖式藏茶。走到半路，下起了大雪。我们穿行在大片原始森林里，树参天，林浩瀚，人在雪中行，雪在林中舞。不久，大雪淹没小路。我的脚趾在雪地里冻僵，不听使唤，外婆不由分说，直接将我装在背篼里，一并背上。因突然增加的重量，抑或大雪已经没膝，外婆深一脚浅一脚艰难前行的步子，身后雪地上留下的一串歪歪斜斜的足印，都成了我此后多年时光皱褶里翻不过的年轮。

长大后的那场雪，是旧雪。月光下，积满白雪的树，影影绰绰，天地苍茫。先生背着我，踩在雪上，他的背，坚实温暖，温柔地为我抵挡了冬夜的风寒，他脚下吱吱吱的声音滋生了我的情愫。余生，目光和心灵都有了栖息的地方。

在康北道孚，雨不如雪。雪花飘落的时候，飘过藏房，又给白墙裹上一层白色的外衣，飘在落光树叶的白杨树冠，便"忽如一夜春风来，千树万树梨花开"。柳树枝条上的雪，比柳絮还轻盈，抓住几根柳枝，轻轻一抖，便簌簌落下。远处的经幡也覆盖了雪，风一吹，就飘动纯洁的光芒，对面的麦粒神山也仿佛铺上轻柔的薄毛毯，粉妆玉砌。有人说："大隐隐于市，小隐隐于寺。"连雪花，也远离了尘世的喧嚣，小心翼翼地堆叠在庙宇的檐角，清绝迥异，禅音穿过湿冷的空气，天地皆清净。

下在道孚的雪，是被渡化的。等太阳跃起，鲜水河裸露的河床将要被冻住，泛着银灰色亮光的霜冻，踩上去，如碎冰般冷脆。人们围钢炉而坐，寒冷归于温暖，躁动归于平静，屋顶冒出的袅袅炊烟，让所有的荒凉都被原谅。沉重的、烦琐的生活里的鸡毛蒜皮，都将被一场接一场的雪覆盖。

降落凡尘的雪，如同经历了人生百态的女子。山回路转，那些频频回首的瞬间，只余一颗素简的心。今宵，就让我在道孚钓雪，钓一场"高卷帘栊看佳瑞，皓色远迷庭砌"（李白《清平乐·画堂晨起》）的生活瑰丽，钓一场"六出飞花入户时，坐看青竹变琼枝"（高骈《对雪》）的世界明亮。

瞿麦几度花

十月的川西高原，秋深露重，风气萧索。远山层林尽染，落叶纷飞，曾盛放于夏季的各色野花也早已香消玉殒。此时，蒿草正盛，那灰绿色的身影，在天光渐暗的黄昏铺满半面山坡。

我们在山间小路行走，享受这高原深秋的静谧。突然，友俯下身子，采下一枝野花，递给了我。他惊异于这个季节在三千二百米的海拔依然有小花盛开。

我握住纤细的花枝，移至鼻尖轻嗅，霎时，一股浓郁的甜香侵入鼻孔，这香气，真有"一卉能熏一室香"的能量。于是，我向着地上的一株野花，跳跃着扑过去，欣喜地大叫："这是什么花？"后来，我们去寻散落在蒿草中的花朵。他的眼神儿极好，在逐渐暗下来的暮色里一枝枝拈出，不一会儿，便攒了一大束，我也找到几株。回来的路上，我们还谈起它的种子、花朵、果实。每一种植物都不会无缘无故出现在大自然里。

一路闻着花香，踏进家门，立即心疼地将它们泡进水里，生怕那不盈一握的花茎因途中颠簸而萎蔫。看着泡在玻璃瓶里的花一根根竖立起来又精神抖擞的样子，我才安心地开始观察它们。它们青绿色的细枝上长着窄叶，头顶紫红色的五瓣花朵，每一片花瓣的边缘都细裂成流苏状，这别致的花形，犹如一串串穗子，惹人怜爱。

到家查阅资料才知道，原来，这小花就是瞿麦，分布很广，在日本的诗经《万叶集》里都有记载。

瞿麦，这柔美的小花还有个凄美的传说呢。

相传瞿麦本是天庭的一位花仙子，长得很漂亮，身材娇柔，善于舞蹈。一次，玉皇大帝路过御花园时，见到一大群仙女在跳舞，便驻足观看。玉皇大帝本来和王母娘娘有说有笑的，这时，正在跳舞的瞿麦仙子回眸一笑，玉皇大帝被其楚楚动人的容貌和纤细身材深深吸引，一下子失了神，与王母娘娘的说笑戛然而止。王母娘娘在一旁说了许久，玉皇大帝却心不在焉。顺着玉皇大帝的眼光看去，王母娘娘发现他一直在看着那位花仙子，一股妒意升腾。过了许久，玉皇大帝才回过神来，脸上仍溢满笑容，继续和王母娘娘商议天上、凡间的大事，久久地留在御花园不想离去。过后不久，天宫召开天庭会议，瞿麦仙子无故迟到。于是，王母娘娘以"触犯天条"为罪名，除去她的功力和法术，把她贬到人间，化作一株杂草。让瞿麦仙子原本纤柔的身体变为多节、空心、易脆的茎，将她动人的容貌变为紫红色的花瓣，并且前端深裂成卷曲的丝状，结的果实也皱巴巴带有芒刺。后来世人看到这种杂草，觉得花仙子很委屈，给取名叫瞿麦，将它栽培在自家的院子里。

后来，我去别的地儿找过瞿麦，一无所获。于是，我想起，她是从天上翩然坠落凡间的瞿麦仙子，正如一个自然界里的高原女子，默默生长在高山沟谷，含笑随风。

世人多言草木无情，孰能无情？人非草木，怎知草木无情？瞿麦性苦寒，全株都能入药，可清热利水，可破血痛经，它以无边的悲悯，心怀天下苍生，难怪它还有一个充满禅意的别名——南天竺草。

瞿麦的花语是，一直爱。世上之爱，大多都有归处。娑婆世界，瞿麦将自己的爱给了高山沟谷，将每一次的绽放都给了清风明月。瞿麦的特别，是因为它在万物即将沉寂的高原深秋，归隐乡野，独自盛开，这样的孤傲，只有大自然容得下。当华美落尽，即便即将经受风霜雨雪的摧残，瞿麦，这纤细却倔强的小家伙依然灿烂地绽放在海拔高处。

故乡多梅树

　　那是已故先人们的坟，一共三座，坟前有一树梅花，开得繁茂，淡淡的梅香四散开来。每年春节后去扫坟，父亲都将一串鞭炮挂在梅树枝头，当他从衣兜里掏出打火机，准备点燃那挂鞭炮的时候，我早已捂上耳朵跑得远远的，躲了起来，一阵尖锐的炸响惊落了梅花，一瓣瓣纷纷落下，那洁白的样子像极了天然的纸钱，飘在坟墓四周。我始终坚信，沉睡在墓中的先人们是枕着梅花香的。

　　是的，故乡多梅树。它们大多长在小路边，从一蓬蓬蒿草抑或灌木中脱颖而出。每年刚到春节，它们总会第一个传来春的讯息。梅花不张扬，不急不躁地收敛着内心的热烈，静静地在光秃秃的枝条上将花骨朵裹紧，选择那么一个合适的时刻，便从容地释放出一瓣又一瓣，所以梅树枝头，有的怒放着，有的半开着，有的还是花骨朵，它们不争不抢，沉静淡定地展示着自己别样的姿态。

　　小时候，上学路上有一棵梅树，也开洁白的花朵。三月春季学期开学时，梅树的花早已凋谢，绿叶铺满整棵梅树，一颗颗小指头般大小的翠绿梅子藏在绿叶间，不细看，你分辨不出哪些是叶，哪些是梅子。微微拂过的风中，梅子如一个个俏皮的小孩在叶丛中摇头晃脑，我仿佛还听到它们咯咯的嬉笑声。每天放学路过，都会情不自禁地抬头看看它又长大了多少。

　　暮春初夏，羞涩犹存，梅子终于长大些。现在想来，应该是"梅叶未藏禽，梅子青可摘"（梅尧臣《青梅》）。回到家，刚放下书包，便见到饭桌上真的多了一碟"酸辣梅肉"——这是我给起的名字。

原来是母亲挑选梅子洗净，置于砧板上，用刀背敲出肉去核，用力敲碎的梅子四分五裂，青翠欲滴，溢出的汁水晶莹剔透，那刻我想到了"青梅煮酒"，当时对这个词语的典故和出处都不太了解，只觉得这是一个美好的词语，破天荒第一次因为自己名字里有一个"梅"字而心生庆幸。自我有记忆起，外公外婆和爷爷都嗜酒，可能父母也遗传了他们的基因，对于酒的喜爱，超乎寻常。后来我一直希望父母能用青梅"煮酒"。这个愿望没有实现，但是我吃到了这份梅肉。

和着白色蒜蓉、红色辣椒面的梅肉安静地躺在花瓷碗里，在盐、味精以及酱油的腌渍下，梅肉从最初的冷傲变得柔和了不少。

一碗饭端上来，再吃一口腌渍好的"酸辣梅肉"，梅子特有的酸甜以及佐料的麻辣在唇齿间弥漫开来，刺激着口腔分泌出唾液。一口下去，又忍不住再塞上一口。

家乡多梅树，春天生机萌动，夏天结出果实。离开家乡后，不知道乡里人是否也将梅子一颗颗仔细摘下，做成酸辣梅肉。

但是，后来听母亲说，现在的人们，大都不摘青梅了，只等到梅子黄时再摘下，泡出橙黄可口的梅子酒。

可是，我还是喜欢家乡青色的梅子，喜欢那个"青梅煮酒"的英雄传说——几粒青梅，一樽酒，两位豪杰相对而坐；还喜欢酸辣的梅肉，从摘下的酸涩，经母亲的构思，便焕发出冲击味蕾的酸、无法丢弃的辣，就像生活中的百转千回。

故乡的梅树，有的已经上了年纪，但是每年依然开花结果，从未放弃成长。祖先坟前的那棵梅树，可能已经长得更茂盛了，我已好几年的春节未去上坟。现在护林防火，提倡不放鞭炮、文明上坟，这几年上坟都很安静，那棵梅树也一定在安静地开花，结果。

故乡多梅树

那时菜花开

母亲种菜,即便多了茼蒿、空心菜等时兴的蔬菜,散白菜仍是年年必种的。散白菜也叫散叶大白菜,地摊上卖种子的人随便从一个口袋里捻出一把,用纸包了,就被母亲带回了家。就是这些朴素的种子,在冬春交际的时节,长出一道特别的风景。

白菜的种类很多,最简单的分类就是散开的和包着的。大白菜的心一层层卷起来,白嫩嫩的,吃起来少了粗糙,多了细腻。记得小时候,在母亲种的大白菜的菜心开始包裹的时候,我们总是找来麻绳,把它们一棵棵密实地捆起来,好让它们卷得越来越紧。

冬天,是大白菜收获的季节。我们总是把好的挑出来砍下,扒下裹在外面的几层叶子,只留下菜心。洗净后的菜心,用刀划成两半,挂在落光了叶子的桃树枝丫上,等一阵太阳晒过、几阵风吹过,水汽蒸发得差不多了,把晒蔫的菜心取下来,装在一个大盆里,加入盐、花椒面、辣椒面等,双手揉匀,随即装入密封的陶坛里,缺氧发酵一周左右,便成了酸辣白菜。

然而,大白菜是过不了冬的。冬去春来,气温回升,大白菜上热后,基部腐烂,流出灰黄色黏稠物,菜心也变为灰褐色或黑褐色,后黏稠腐烂,发出臭味,更别说能开出花来。偶尔幸存的一棵,即使开花,也瑟缩在菜心里,畏畏缩缩的样子不讨人喜。

冬天,霜落田间,散白菜的每一片叶子都覆上一层纯净的白,等太阳出来，它又释放出迷人的绿。它的叶子是可以随便扒的，不像大白菜，扒掉叶子就再也卷不起来了。

我们扒下散白菜的叶子，用菜刀剁碎，拌上玉米面，端到屋檐下的鸡舍里喂鸡。喂食的时候，它们的头从几根条形木头的缝隙里伸出来，毛茸茸的脑袋，充满了无穷的生机。

扒光叶子的散白菜只留下几片细小的菜心，这时候只需要给它们浇上足够的水，没几天，又长出茂盛的叶子。

快过年了，大家都等着散白菜抽出鲜嫩的菜薹。那嫩脆、清香、甘甜的嫩茎，是老家人们最喜欢吃的。菜薹的吃法简单，那便是清炒或者煮清汤。清炒时，不需要太多的佐料，多放一点油，最好是猪油，洗尽后用大火翻炒五分钟左右，出锅之前加点蒜末和盐就行了。清汤则是在白开水里直接放入菜薹，煮到掐起来软烂就可以出锅了。

菜薹的茎非常粗壮，外绿内白，用牙齿轻轻一咬便在舌尖上化成美味。这种久违的感觉，像极了恋爱时光的清香与微甜。

散白菜原不过是白菜家族里土生土长的，它比不了"小杂56"的柔若无骨，比不了"竹筒白"的高大威猛，明明是白菜命，却做着花的梦。春雨润物，阳光温暖，时光已春，被扒了一茬又一茬的菜薹，仿佛长得特别快，甚至在被催醒的这一方水土上开出小花，金黄乱溅，朵朵摇香。散白菜始终不舍不弃，默默积蓄，最后老家的春天再也离不开它了。

老家不种油菜，却因了这些散白菜花调和了远处雁吟坎山的凌厉，和谐不少。蜂蝶可能也被袭来的菜花香熏染了，一直在花丛中忙个不停。

不久，白菜花谢，长出了一个个小小的菜荚，里面鼓囊囊装满白菜种子。散白菜终是老去，青春不再，朴素示人，但仍不失风骨，还站在地里，等待时光最后的洗礼，如我，如我们。

那时菜花开

老黄历翻过的日子

从我记事起，我家大门的门楣上就放着一本薄薄的老黄历。

老黄历的封面是大红色的，充满大红纸的喜庆。

封底也是大红，密密麻麻地印着"六十花甲纳音歌"。

外公来我家，帮我家干的第一件农活就是放牛。牛群被赶到山坡上吃草，他拿出从我二姑书包里找出来的几页作业本纸张，用小刀裁成四开的纸片，又从随身携带的牛皮腰包里抠出一条黑线和绣花针，给我缝成了一本简易作业本。

外公先拿出黄历，教我背六十花甲纳音歌。五岁的孩子不识一字，就那么望着天念了。外公从腰包里又掏出半截铅笔教我写关于我的那句"壬戌癸亥大海水"。他说，世界上最厉害的就是水，没有水，寸草不生，再大的火也能被水浇灭；水又分溪水、河水、江水、海水，你看你是"大海水"，是水中之王。那时，因了外公对这句花甲纳音歌的解读，我别提多神气。一回家，谁叫我，我都会说，我是大海水，我最厉害，以至于后来，其他的句子我早已忘得一干二净，唯独记得这句。

后来，我家搬家了，听说好多人家用上了日历，可是我家看老黄历的习惯还是没丢。

每到腊月，村子里一片宁静，在拨浪鼓的响声和"挑挑客"① 的喊声

---

① 挑挑客：指货郎。

中，村里的人会陆陆续续而来，以"挑挑客"为圆心，围成一个大圈子，像是一朵开放的花儿，原来哪里有炊烟，哪里就有"挑挑客"。

全村老少都来了，有的拿出一块钱或者头发团买或换一些火柴、绣花针、丝线啥的，只有我母亲每年都会买一本老黄历。

黄历买回来，依然是放在大门的门楣上。那薄薄的黄历甘愿承载着一年三百六十五天的日子。母亲不认识很多字，有时候，她让我帮她看那天是农历初几，那时，我上小学，对于老黄历，顶多也只能看懂那天农历初几、星期几，只能当作日历简单翻翻。

外公去世后，能看懂老黄历的就是我父亲了。

趁父亲没有出门做副业，母亲就让他拿出老黄历翻翻哪天适合杀年猪，哪天适合养猪仔，哪天适合买鸡苗，甚至哪天适合种萝卜白菜，我就在父亲看出来宜养猪、养鸡、种萝卜白菜的那些日子旁边用铅笔郑重地做上记号。

父亲在杀完年猪过完新年后，安心地出门做副业了。

到了宜买猪仔的好日子，母亲起了大早，背上装着蛇皮口袋的竹编背篓，向着高山上卖猪的那户人家出发。

午时，母亲背着猪仔回家，因为路途跋涉和两只猪仔的重量，让母亲那张汗涔涔的脸一片潮红。她还没来得及停下休息，便径直走到猪圈门口，抓出一对猪仔一边放进圈里，一边嘴里念念有词"肯吃肯长三百斤"。母亲对这两头猪仔寄予了长成大肥猪的厚望。

有一天，母亲端了一个大纸箱回家。还没打开纸箱，我便听见叽叽叽的声音。原来，我虽忘了提醒，她还记得宜买鸡苗的日子。鸡苗是从区上端回来的，母亲一直用双手托着纸箱走坡路太累了，便坐下来休息，让我将小鸡放进小篮子下面盖着。因为接下来的几天，母亲要下地劳动，便把照顾小鸡的任务交给了我。每天放学，我就给它们喂水，喂用水拌湿的玉米面。我刚把碗一放下，小鸡们便一拥而上，你争我抢，互不相让。

没几天，小鸡长大了些，篮子已经关不住它们，母亲回家后将这十几只小家伙送进了鸡圈。前段时间还算平安，有一天，从鸡圈溜出来的一只小鸡一下子就进了野猫口，另一只被吓得慌不择路，钻进了玉米地，生死

未卜。

母亲就快收工回来了，我和妹妹的心惊得突突直跳：她肯定会责怪我们没有看好小鸡，一顿臭骂肯定难免了。等母亲回来，我做好了挨骂的心理准备，告诉她小鸡死了一只、丢了一只，她一听，虽然一脸惋惜，可也没骂我和妹妹。后来，她仿佛恍然大悟般一拍手，让我去拿黄历来翻翻，是不是买鸡苗的日子搞错了。我快步走去拿来黄历翻到我标记的地方，原来，还真是母亲记错了日子，提前一天买来了鸡苗。

后来，她种萝卜白菜也要严格按照黄历的标记，按时种下，绝不提前或者推迟。

黄历，俨然成了我家最离不开的日历，它记载着四季时序，让我们在菜园里、庄稼地里看遍花映春晖、果香满夏、珍露润秋、嘉实冬藏……

一年年用旧的黄历，如一个个人生如梦的沧桑，在每一个旧年除尘的日子，有的被丢弃在猪圈里成为粪，有的被风吹散在菜园里享受空气的清新滋润，最后雨打风吹，沤烂成泥……

几十年过去，家里从未有过日历、台历，依然怀念一本老黄历翻过的日子。

手不是手，是岁月许下的温柔

一度很嫌弃我的这双手，粗大的指关节，指骨坚硬，手掌薄且僵硬，一直怀疑这双手到底能干什么呢？

小时候，这双手是用来写字的。上三年级，语文老师教大家练字，在簇新的三毛钱一本的小字本上写，写完一页，能入了老师法眼的将幸存下来，乱七八糟的字体，无法摆脱被撕碎扔进垃圾桶的命运。彼时，那些汉字的横撇竖直被拉得无比认真，以至于，后来伴随我的右手食指那块厚厚的坚硬老茧，现在摸起来都无比自豪——能将一件事情做得那么专注，还有痕迹为证，这是多值得骄傲的事情。

那时放学，还能用我的这双手打猪草。背着王篾匠编的花篮子背篓，选一把锋利的锯齿状镰刀，专往别人家的玉米地里去寻成片的火炭草。水灵灵的猪草呈现在眼前的时候，难忍激动，几刀下去，左手上准会留下几道深深的口子，带着血的鲜红，触目惊心。这时，会扯下旁边的青蒿叶，夹在双手的掌心里揉搓成泥，涂在伤口上。青蒿散布在荒野、山坡、路边、河堤边，沐浴着雨露阳光，与百草竞相生长，它茎圆且直，多分枝，嫩枝上长有细小密集的叶片，全身翠绿娇嫩。青蒿，这天然的止血偏方，带了淡淡的清香，瞬间便中和了浓烈的血腥味。

后来，那些口子结痂成疤，从此，左手就留下童年劳动的记忆。

多希望，我有一双巧手，能将五彩的世界画成油画，陈列在街边明亮的橱窗里，还是喜欢画向日葵，金黄金黄的；还想用这双手将一团毛线织成一条黑白条纹的围巾，秋风乍起，就固执地缠绕在他的颈上，代替我的双手。

无奈，我这双手算不得是一双巧手。寒假，见村里妇人围坐在一棵核桃树下绣鞋垫，彩色膨体线在她们手中飞来挑去，颜色艳丽的云雀、花朵、歪嘴桃就落在垫上，栩栩如生。我跃跃欲试，左手擎鞋垫，右手拈花针，煞有介事地模仿她们的样子，就那么一下，针尖毫无预兆地刺入手指，心蓦地一紧，一滴血就在指尖开出花来。再看鞋垫的背面，别人的针脚都或横或竖规律地排列在一起，我的总是东扯西拉，一片狼藉。

迟子建在《也是冬天，也是春天》里说女人的手是不容易老的。那是因为她们经常接触蔬菜水果、花卉植物。切菜的时候，柿子猩红的汁液、芹菜浓绿的汁液、土豆乳色的汁液都在手起刀落间流出来；她们也在侍弄植物的时候沾染了香气和灵气。

在生活的烟火气里，我同样也在做这些事情。但是，我的手，一年四季冰冷着、僵硬着，够小巧，但不够纤滑、细腻。"纤纤素手""十指尖尖如细笋"这样的词语是完全不能形容我的手的。甚至，我的手背长出了星星点点的浅褐色斑点，看起来像老年斑。也许，在生活中，我对待蔬菜和花草都少了细致，多了粗糙。

记得上师范学校时，教室的讲台边摆着一架脚踏风琴，音乐老师是一位不苟言笑的中年女人，但只有在她的手指下才能飞出悦耳的乐声，我仿佛看到她"腕白肤红玉笋芽，调琴抽线露尖斜"（韩偓《咏手》）的纤手风情。她教我们打拍子、认识五线谱，布置脚踏琴练习作业。每次一放学，我们就飞奔进音乐楼，各自挑选一间小琴房练习。掀开厚重的琴盖，双脚踩着，单手按着，在我的手指下，音乐从未成调成曲，常常是顾了脚忘了手，顾了手又忘了脚。

那时，我最爱弹 C 调歌曲。弹跳的手指只在白色的琴键上滑动，没有黑白跳跃，不用手忙脚乱，不怕顾前不顾后。突然有一天，我的双手轻巧地弹出了和音，于是激动地窜琴房，窜完了二楼的每一间，又窜三楼的每一间，在同学们面前以贝多芬弹奏《月光曲》的陶醉架势显摆一圈，然后洋洋自得地静待期末考试。

考试那天，我们在音乐老师面前一个一个弹奏过关，我将双手放到琴键上，按出第一个音，就听到音乐老师冷冷的声音传来：手指关节塌陷了，零分。

那学期，我未摆脱音乐补考的惨烈命运。

忘了在哪本书上看到过，女人在临终前比男人喜欢伸出手来，她们总想抓住什么。快死去的那刻，可能已经丧失了呼唤的能力，表达最后心愿时，她们便伸出了手。我想我临终前是不会伸出手的，因为这一生，我很多时候懒于动手，或者拙于动手，最后的激情也不会留给手来表达。

我想无论怎样的手，应该都与生活有关。一双健康的手，不会泄露日常生活的懒散。自己的手不比别人的修长和细嫩，却也无大碍。读书，写字，吃饭……无论这双手如何笨拙，我还是用以生存，感知世界。

后来，冰冷的手，途经另一双手的盛放，在如火般温热的手掌里，为曾经的岁月许下最后的温柔，经过一千多个日子的渗透后，与幸福离得最近。

手不是手，是岁月许下的温柔

蜀南·嘉州

北周置嘉州，治平羌，取"郡土嘉美"之意。嘉州，是乐山在唐朝时的称谓。经不住友人极力推荐，决定去看看嘉州这个"乐山乐水"的好地方。

周末，从成都东站出发。这是我第一次坐动车。网上买票，选了靠窗的位置，尽情欣赏沿途风光。在浅浅的秋意里出行，内心安然却丰沛如秋。

车程不远，沿途小站都会停留三两分钟。车窗外都是稻田，收割后的稻茬留在田里，仿佛静默的归人，历经季节的洗礼，依然有着令人怦然心动的美。

进入嘉州境内，两边的"山"多起来，一座座向后闪去。这些山，无所谓山，就是一个个又圆又矮的土包，对于从小生活在大山里的我而言，实在算不得什么。秋意还未漫入这里，土包上的树依然葱绿着，隔着一段距离都能感受到那些绿树光亮如翡翠。自古秋意胜春潮，不知道什么时候，这些密密匝匝的绿叶才会变黄，安静地落下，那又是一番怎样丰富、深刻而又饱满的景象？真羡慕这些瓦屋人家，可以看尽土包周围一寸寸攀爬的光阴。

车到站，随着人群在地下通道行走，心底莫名激动——自己将要和一座城的前世今生照见。从站口出来，是新城，高楼大厦。太阳火红，倾泻出满城灿烂，蓝天不动声色，只展开在面前。

来之前，朋友一再强调，到嘉州，一定要吃跷脚牛肉——冯四孃家的跷脚牛肉。于是，打车去找这家店。十一点左右，店内已人声鼎沸，满客的店显得拥挤不堪。我只得跟一对小情侣拼桌。他们的牛肉先上，我巴巴地坐着等待。突然，漂亮的女孩在男孩脸上蜻蜓点水地一吻，说："真好吃！"不一会儿，男孩又在女孩脸上吻了一下，说着同样的话。

我要的牛肉、千层肚、煮白菜上来了，飘香四溢；还端上来一碗牛肉汤，热气腾腾。牛肉和毛肚里只加了小葱和香菜。据说，大家围着一锅跷脚牛肉，坐在高板凳上，有说有笑，跷着脚吃，就叫"跷脚牛肉"。我一个人没法说笑，但不妨碍跷着脚，大快朵颐。咬上一口牛肉，嫩滑的口感，肉汁在口腔中迸发，毛肚的爽脆在唇齿间弹挪，配上一口浓浓的牛肉汤，那真是人间至味！

午饭后去看景。乐山大佛，这尊开凿于唐朝的佛像，凛然端坐于三江汇流之地，默默俯首，看尽人间万象。古道清幽，碧涧流泉。我踩着石板小路，拾级而上，本想虔诚地拜谒佛像，沾沾佛光，但佛像旁，已经排起长长的队伍。排队是急不得的，我不想白白耗费两个小时用于排队，况且我不屑于做临时抱佛脚的事，相信"佛容乃大"。于是，远远望一眼大佛，继续行走。

不远处，凌云寺守护着大佛，所以这座寺庙又叫"大佛寺"，寺宇辉煌，青瓦红墙。铜铃、木鱼、诵经声在凌云山上回荡。山脚江水潺潺，山间香烟缭绕。梵音徐来，禅心安定。那刻，我是佛前的一位戒子，双手合十，就开出一朵菩提花来。

嘉州，是一个文脉璀璨的地方。凌云山，多碑刻，汇聚于此的历代名家碑刻，有北宋著名诗人、词人、书法家黄庭坚的字迹；有清代书画家、文学家，"扬州八怪"之一郑板桥的字迹……书法，作为中国文化最崇高的艺术形式之一，隽永灿烂，博大精深。置身碑林，为自己对书法的知之甚少，深感惭愧。

下午四点，从乌尤寺下山，途经麻浩崖墓，最初以为"麻浩"是人名，走进去读景点说明，才知道原来"麻浩"是地名，这是东汉时期依山而凿的墓葬群。人死后，最常见火葬、水葬、土葬，还从书上看到过神秘

的树葬,而这里独特的墓葬方式,还是第一次了解。从景点大门进去,石屏风画壁上车马辚辚,有明显的汉代风格。廊亭下的一大一小两具石棺的棺壁上,图案精美。放眼望去,崖墓一间挨着一间,密密麻麻。

出麻浩崖墓,便随着长满青苔的古道下山。道路两旁,山林茂盛,蔓枝缠绕,一切寂静,只迎合清凉的山风,一种恍惚之感便油然而生,仿佛找到了嘉州的前世,通过前面的长廊古道,我就又回到嘉州的今生。

回嘉州城,已是黄昏。

还是去吃乐山美食——咔饼、豆腐脑。所谓"咔饼",就是把粉蒸牛肉夹入一个面饼里,这面饼劲道,内里绵软,牛肉蒸得软烂,一口咬下去,口感层次丰富,再搭配一碗酥肉豆腐脑,是绝配。

夜幕降临,坐在新广场旁边的长凳上,一阵阵桂花香沁人心脾,袭人心怀。广场四周车水马龙,霓虹流转;广场上,广场舞跳得正欢,喜欢这热闹而孤单的时刻,热闹是众人的,孤单是我自己的。

第二天上午,徒步去逛绿心公园,邂逅向日葵花海。金黄的花冠,映衬蓝天白云,或昂首挺胸,或低头微笑,热烈而温暖。请路人为我和这片向日葵合影留念,我的笑,也如向日葵般向暖绽放。

周末即将过去,我不得不结束这场短暂的旅行。没来得及去的地方还有很多,嘉州长卷·天街、苏稽古镇……还没看够古老的城墙、巨硕的磐石……我想,留些遗憾也好,话不言尽,路不走完,是最好的节制。

"三江分注界平沙,何处云山是我家?"(薛逢《九日嘉州发军亭即事》)嘉州,这座写满诗意沧桑的千年古城,散落在蜀南一隅,一城风华,一墙天下。

一个人,一座城。嘉州,总会因为一个缘由,成为我此生记忆里不可替代的地方。

倔强的酢浆草

做一株倔强的酢浆草,

它傻气的名字、俗气的样子、娇小的身板下居然隐藏着一个强大而倔强的灵魂。

——题记

早上九点起床,刚好看到有斑驳的阳光从阳台的玻璃窗透进来,洒满地板的光点,迷离又很是绚烂。我赶紧把我的那一小盆酢浆草搬过去放在小茶几上。

酢浆草本不是什么珍贵的植物,只是自从有了它,我总觉得它值得我另眼相看。

去年,办公室邻桌的同事给我带来了几颗酢浆草的种球,初看,黑乎乎的几块,只是上面正冒着几根小小的芽儿,我拿回家放在洗脸池的角落,不管不顾,一放就是好多天。等我想起来的时候,我才发现它的根几乎干枯了。正准备扔掉,突然看见刚拿到时的小芽,已经卷着头从球根上倔强地冒出来好长。于是,我怀着敬畏,小心翼翼地把它种在一个粉色的小花盆里。每天给酢浆草浇水,慢慢地,看它那卷曲的嫩芽一节节拔高,一点点伸展,最后变成纤细的草茎上的三瓣倒心形草叶,葱绿而美好。

八月的一个早晨,发现酢浆草那小小的、淡粉色的五瓣花朵正从碧绿的叶丛中有力地张开来,优雅而干净。我数了数,一共开了八朵。

从此,每当太阳升起来,酢浆草的花事就灿然开始,一发而不可收。而它们的叶也如其花,黑夜闭合,天明时开启。酢浆草是简单的植物,给它浇水,它的叶就昂扬地挺拔起来,让它沐浴阳光,它就自成一汪花海。

二〇一八年冬天,一个雪后暖阳的好天气,我把这盆酢浆草放在阳光下,等第二天才想起来要搬进屋里的时候,我傻眼了——酢浆草已经奄奄一息地萎蔫在盆里,完全被夜里的寒霜冻"熟"了。那刻我心生愧疚,实在舍不得丢弃它。只是给它浇了水,以作最后的告别。

第二年三月,我发现就是这盆经历了去年冬天霜冻的酢浆草,居然又生出了许多新芽,我不得不说它傻气的名字、俗气的样子、娇小的身板下居然隐藏着一个强大而倔强的灵魂。看着它又开始长出了一大盆茂盛的叶子,我再也不敢怠慢了,生怕它给我长得"群草乱舞"。

正值四月,我发现叶丛中有一簇簇细密的小花骨朵探出头来,虽然还没完全绽开,却仿佛已经看到了酢浆草粉色花朵的清新可爱。

酢浆草,确实没有茂密的藤蔓,没有粗壮的花枝,也没有硕大的花朵,但是它"给点阳光就灿烂"的特性却是那样地充满能量,无论在何处经历什么,总在不经意间顽强地绽放属于自己的精彩。

回味仙桃

家乡多山，四季常青，生机盎然。从小，我们便与大山为伴，它如一座取之不尽，用之不竭的宝库。

在我们小的时候，最喜爱的莫过于山中的野果，色泽鲜艳，模样可人，味道甜美，在味蕾深处埋伏多年，无论走到哪里，都还记得它们的味道。

每种野果，在不同的地域，都有不一样的叫法，让我用家乡的说法来命名好了。

仙桃是仙人掌的果子。在家乡，小时候我就在田坪子的山坡上见过一大片仙人掌。暮春，大地就像被点燃，各种花草都长得异常繁茂，浑身带刺的仙人掌也不例外，顶着橘红色的艳丽花朵，兀自张扬，美到惊艳。不久，花朵凋谢，结出外皮绿色的小果，这时候可不能吃，还得等到它成熟。

仙桃成熟的时候，顶端原本凹凸的小窝变得饱满起来，外皮也由清脆转成微黄，甚至西瓜红，不变的是仙桃身上的刺，密集而令人惊恐，那微小的刺，一簇簇长满仙桃全身，是不可侵犯的尖锐，它们如果扎进你的手掌、手指，先感觉刺痛，接着恶痒，说不出的难受。所以到了采摘仙桃的季节，人们想出了很多办法，戴上手套、人站远了用铁笊篱钩过来、在手上套上厚塑料袋采摘……但都不及一场雨的奇效。雨过，仙桃飞起来扎人的那层硬刺被打湿，它再也飞不起来了。原来雨天才是采摘仙桃的好

日子。

　　采摘回来的仙桃，放在竹编撮箕里，在自来水下反复不停地来回冲洗，又冲掉一层刺，这时，美味的仙桃肉已经等候你多时。避开仙桃外皮长刺的部位，拿出小刀为它开膛破肚，这时你掰开外皮，圆滚滚的仙桃肉泛着微微的翠绿呈现在你眼前，周身点缀着它褐色的种子，密密麻麻。但你可不能挑出它的籽来，咬一口和着籽吞下，一股清甜的气息就跟着滑下喉咙，你肯定惊异于大自然的造物，在悬崖石壁间贫瘠的土壤里长出的仙人掌，沐风栉雨后，依然生生不息地开花结果，经过层层包裹，献出它丰硕的果实。

　　小时候，母亲不允许我们多吃仙桃，说吃多了，会在肚子里长出仙人掌来。那全身带刺的植物，令我不寒而栗。其实，仙桃吃多后，会消化不良，后来我才知道母亲的这番苦心。

　　很多人将仙桃拿到市面上出售，因为采摘不易，我看着它的身价从当初的一毛钱一个飞升到后来的每个一元。

　　从前的仙桃外皮有着扎人的刺，据说现在都已经被培育成无刺品种了，那它和火龙果又有什么区别呢？

　　冬藏夏长，春华秋实。这个夏天，再一次跟随童年的记忆，去寻觅仙桃的味道，可好？

西藏杓兰

今天偶然翻开手机相册,看到去年五月末在道孚拍的花草照片。

一株叶宽且短、唇瓣呈深囊形的植物跃入我的眼帘,去年我查过它的资料,知道它就是西藏杓兰,是高原花卉中的明星。它的花瓣如同一个囊状的"口袋",就像吊着的小兜,属于兰花家族中形态比较奇特的一类。

西藏杓兰一般生长在海拔三四千米的高寒地带,主产区在藏区。我看到的这几株花色紫红,花囊深大,上瓣较宽,平直伸展,刚好挡住囊口。可能它的上瓣是为了挡住雨水,避免雨水落入囊中而发生水淹花囊的"洪涝灾害"吧。

记得它们长在一片绿色草甸上,带着花囊的样子,在周围艳丽的藏波罗花丛中,独树一帜,很是醒目。仔细看它的花囊,又像是一只深帮的鞋。传说,有一次天上的仙女看到藏区大地上野花如星,忍不住飞临凡间,因为贪恋玩耍,误了回天庭的时间,直到她的母亲在天上召唤,于是慌乱间,遗落了一只鞋子,这只鞋子化成了杓兰花,所以又有人说这是仙女的拖鞋,叫它"拖鞋兰"。

西藏杓兰的花长得像猪笼草。猪笼草的兜囊是个陷阱,将小动物封闭于囊中,然后分泌酸汁将其溶解,并作为生长的养分吸收,这稍微残忍了一点。西藏杓兰与猪笼草不同的是,它的口袋状花囊虽然也是个陷阱,但它的目的不是诱杀小动物,而是让昆虫传授花粉,只要落入就只有按照预设好的路线前进才能逃脱。受花朵大小和入口尺寸的限制,那些昆虫根本

无法原路返回。在逃脱的过程中，它的背部擦上了杓兰的花粉，在上当的时候就帮它完成了授粉。

帮助西藏杓兰传授花粉的熊蜂或者其他昆虫得不到它提供的花蜜，昆虫们也并不傻，于是为它授粉的昆虫屈指可数，它繁殖后代的能力越来越差，所以西藏杓兰比较稀有，属于国家一级保护植物和低危物种。

据说，还可以舀一勺刚刚打出的新鲜酥油放在碗里，放了糌粑细细地揉，直至变成油浸浸的巧克力状，再一点一点填充进西藏杓兰的花苞里，用它的花舌一个一个合上盖——如果有五朵花，这会儿就变成了五个酥油花包——然后把它们放在灶膛土灰里煨，火候要掌握得恰到好处，从里到外够烫就行了。出炉后，一人一个，送进嘴里，香气四溢，回味无穷。

从五月到九月底，道孚的土地上有数不清种类的野花次第开放，就像一座绚丽多彩的天国花园，每一朵花都有它的来处和归途，如果你遇见，希望它完整地扎根在自己的脚下，不要带走它，就是对它最真的爱。

黏　果

　　每年四月，山坡上的草甸刚开始由黄转绿，新草正在萌芽，冬虫夏草这一神奇的东西，就潜伏在这一望无际的草甸中，它的虫体藏在泥土内，只有草体露出地面，跟周围的杂草泥土颜色差不多，极难辨认。捡虫草时，需要人们一直睁大眼睛，伏下身子在草丛中仔细搜寻，不一会儿就能感到腰酸背痛、头晕目眩。

　　十月上旬，是扎坝人做"黏果"最好的季节。圆根叶子在轻覆微霜的高原早晨，沐浴着第一缕阳光醒来，闪烁出水灵灵的绿。人们从菜园里选出颜色鲜艳、大小适中的圆根，大的如鸡蛋般大，小的如乒乓般小，不一会儿，便扯好一大背篼。背回家堆到地上，接着剔除叶子和根须，用清水洗净，切成拇指头般大小的块备用。

　　火塘里，柴火熊熊燃烧，将切好的圆根块倒入大铁锅正咕嘟冒着热气的滚水里翻煮，煮熟透后捞出沥干。煮过圆根的水这时候还不能丢弃，舀出来单独盛放。这时你会发现，煮过圆根的水颜色呈玫红，让人想起万花之王玫瑰，宛如一位明媚动人的扎坝女子，妩媚俏丽，娇柔温婉。

　　控干水分的圆根块，铺开在高原湛蓝的天空下，阳光肆意地徜徉在它们身上。那时天气早晚比较冷，为了防止冬霜水，人们把圆根块摆一堆，把芦席一卷一合，明天太阳好时，再摊开继续晾晒。经过前一天阳光的暴晒，圆根块已经收水。现在，煮圆根的原汤派上用场了。每晒几个小时，就用原汤喷洒一次，如此反复几天，最后晒干的"黏果"入口软糯，香甜

可口。

扎坝人对"黏果"情有独钟，不仅因为它香甜爽口，吃起来四季皆宜，还因为它通过民间的口口相传，伴随并见证了一代又一代扎坝人的成长，无论是自家品尝，还是馈赠他人，它的珍贵，并不仅仅在于它的制作工艺，而更是一种生生不息的传承。长虫草的地方海拔高、天气冷，即使是土生土长的当地牧民，也会在进入高海拔地区挖虫草时出现缺氧、头痛等反应。还好，扎坝人有"黏果"，一味天然抗高原反应的珍品。

"黏果"是扎坝藏语的音译，其实就是"圆根干"。在《后汉书》里记载，据说诸葛亮行军时，部队所驻之处，命士兵种圆根为军食，因此又称它为"诸葛菜"，听起来是不是很威风？看来，圆根这古老的蔬菜既滋养过古人，也继续滋养着今人。

每年九月，扎坝人将春小麦收割后，便开辟出一块小园，专门用来种植圆根。扎坝的圆根只有一个月左右的生长周期，在这平均海拔两千米以上、年降雨量充沛、昼夜温差大、日照时间充足的地方生长，应该也是它最好的归宿了。这里独特的地理条件，给了圆根优越的生长环境，扎坝人便利用当地适宜生长的圆根，运用传统工艺制作成了具有扎坝地方特色的"黏果"。

草木人生，皆是韵味

（一）星状雪兔子

再去海拔三千六百多米的草甸，七八月盛开成海的野花已经没有踪迹，田野里，藏族妇女拿着镰刀在收割着成熟的小麦、青稞、油菜，土地里留下植株的茬，弥漫着些微丰收过后的苍凉。不久，这样的颓黄色将会染上远处的树梢和此刻我站立的这片草甸。

高原的秋意浓烈的速度极快，只需几场秋雨。此时，雨自远方来，大但不狂，隔着一扇车窗，透过草地上腾起的薄薄雨雾，数点紫红色的小东西铺满整片草甸。

冒雨下车细看，它们如一朵朵镶嵌在高原的紫色陆生莲花，紧贴地面，异常娇艳。头状花序在莲座状叶丛中密集形成半球形总花序，总苞片呈椭圆形，顶端钝而不锐，在高原，这也是一种脱尘的美，它们亭亭于一个叫"约呷"的地方，不芜杂，不喧闹，它叫"星状凤毛菊"，还叫"星状雪兔子"。

"星状"这个词，让我想到了小时候的晴夜，仰望夜空，充满了无限憧憬和幻想。长大了，那些迷茫中的指引如星，那些暗夜里的希冀如星，历经生活打磨，叫"星星"的东西，在那些平庸斑驳的日子里依然闪闪发光。

"雪"，我一直坚信它是雨的惊魂，于季节轮回中变成冰冷坚硬的雪

花，终是催开了谁家洗砚池边的那株梅，它如一个故事的楔子，给了冬天浪漫的力量。"星状雪兔子"的种子是否也在那时沉默扎根？

兔子好啊，多年来，我从未忍心吃一口它的肉。

"星状雪兔子"吸纳了高原的日月精华，蓄积了一身的药力，在藏药四大珍宝药之一的仁青常觉中，是一味重要的配方药材，虽然仁青常觉有一百六十余种配方药材，但是如果缺了这一味是万万不可的。

这斑斓世界，每一种植物都有它存在的理由，有的随风摇曳，有的默默匍匐，正如你生命中遇见的那些人，有的温柔岁月，有的惊艳时光。

（二）黄花列当

迷上大自然的花草，是近几年的事。让我震撼的恰好是那些无忧无虑生在旷野的野花野草。

晚饭后爬山，在微微暮光里，一点点明艳的黄异常醒目地点缀在茵茵碧草中，走近一看，它的全株被褐色的、金黄色的短茸毛包围，穗状的花冠也是金黄。我俯下身子观察它，原来这种神奇的植物是没有叶子的，严格地说黄花列当并不完全是植物，它是一种真菌和植物的结合体，是由真菌寄生在植物的根系上形成的，大多寄生在蒿属植物上，掠其水分和养料来生存，说它是植物界的"寄生虫"一点也不过分。黄花列当的地下部分非常粗壮，因此很多人叫它壮根草。

据说，它还是濒危植物，最近几年已经被列为国家三级保护植物

（三）有些花开，不一定为了结果
——二叶舌唇兰

有些花，让你见过了一次就留下了深刻的印象，记住了它们的名字，记住了第一次见到它们的地方，记住了它们的样子。这是一些淡绿色的花，植株高三十到五十厘米，这个名字其实很好记，它的花都有一条特别长的像舌头一样的唇瓣，两片基叶得名"二叶"，所以它叫"二叶舌唇

兰"。

　　这一大片二叶舌唇兰素淡地隐匿在周围的绿草中，没有其他花那般绚丽的色彩，我愿意看着它素雅地开放，不急不闹地展现自己的生命，不知不觉，自己也浸染了它慈悲的禅意。梭罗说："让我相信你有一颗种子，我等待着奇迹。"但是，我觉得，花开了，每一朵都鲜艳，花谢了，不一定都结果。就像二叶舌唇兰，尽情地开花，即使长不出果子。须知，生命不一定是用来结果的，但一定是用来开花的。

莎莎饭

"莎莎饭",是老家对苞谷饭的称谓,听起来很亲切。一碗莎莎饭,承载了多少童年回忆。

苞谷在雅砻江边成片种植,是老家的主产农作物,自然莎莎饭就成了故乡人的主食。在曾经粮食艰难的时代,如果家里有点大米,是舍不得吃的,家里来客人或是过年才能吃几顿大米饭。那时吃莎莎饭,总觉得粗糙无味,越吃越厌,可又不得不吃。从没想过有一天,莎莎饭会埋藏在我的味蕾深处,一掀开,全是想念。

七八月的苞谷地里,绸绿一片,苞谷秆整整齐齐排列在地里,风吹过,芦苇般的叶子哗哗作响,随风摇曳,如翠浪起伏;这时间苞谷棒子大多挂上了粉红色的须缨,也是苞谷最嫩的时节。记得有一次,我跟堂姐趁打猪草的机会,钻进了苞谷地,瞅准那种未结棒子或棒子结得纤小的青青苞谷秆,折断就嚼。这种结不了的苞谷秆,老家人称"空秆",虽然吃起来不像甘蔗般浓甜,但也是一种清香的甜。

等到了九月,可以摘下几棵嫩苞谷棒子,丢进柴锅灶余烬里焙熟。那焙出来的玉米又香又醇,一口咬下去,柔嫩香甜。后来的苞谷饭都难以和这味道联系起来。

等秋天苞谷掰回家,撕去苞谷壳时,人们便挑个大、粒满的苞谷,堆放在一起,晾干。抹苞谷的时候,只看见一粒粒苞谷从大人们的手里和棒子分离,接着用石磨把干苞谷粒反复磨碎成粉状备用。

从我记事起,家里蒸莎莎饭就是母亲的事情。那时,考验一个农村妇女是否能干,先从蒸出的莎莎饭是否松散开始。

那次,我看见母亲拿木撮瓢从石磨的木槽里把苞谷面舀出来,倒进竹筛子里过掉糠皮和粗渣,筛出细粉,舀适量堆在竹簸箕里,边洒水边抓匀,形成湿润而松散的状态,接着用双手把抓好的细粉捧进备好的木甑子里,铺放均匀盖好,开水上锅,烧旺柴火蒸第一遍。大约半小时后起锅(这时莎莎饭差不多已经熟了,但是很干很粗糙),倒在簸箕里再洒水抓一遍,这是一道蒸苞谷饭断不可缺少的工序,叫作"打回堂"。接着放回甑子里大火蒸第二次,仍是大约半小时。香喷喷的莎莎饭就做好了。

后来,母亲又把蒸莎莎饭做了改良。她把大米煮得半生不熟后,滤出米汤,掺进一半或三分之一的苞谷粉拌均匀,然后再蒸熟,未熟之前浇少量开水,拌和均匀,再继续蒸。这样做出的莎莎饭,又有了一个新名字,叫"金裹银"。金黄、雪白的搭配是"色";每颗大米的表面包有一层金黄的苞谷粉,吃起来又松又香,这是"味"。母亲做出的莎莎饭色香味俱全,让人回味无穷。

沈从文在《从文家书》中说:"走过许多地方的路,行过许多地方的桥,看过许多次数的云,喝过许多种类的酒,却只爱过一个正当最好年龄的人。"我想说,吃过很多美味,遭遇过很多种类的添加剂,才知道只爱雅砻江边原生态的莎莎饭。

时光荏苒,被劫持的味蕾是当年雅砻江边那些莎莎饭从舌尖淌过的岁月,那只是粗糙,从来不是粗粝。

逾越一朵花的距离

　　老家的梨树不及金川的多，但梨花纯净的雪白却是一样的。如玉的花瓣体态绰约，在梨树上蹁跹如仙子。每一片花瓣散发的幽香，都让我想到秋天梨树上的果子，那是梨花生命的延续吧。小时候吃过很多种类的梨，黄皮梨，后山梨、火把梨、芝麻梨、秤砣梨……

　　故乡的人朴实，给梨取的名字都带着山村独特的烟火气。黄皮梨顾名思义外皮黄，且薄脆，果肉嫩白，汁多。村里人为了让黄皮梨的保存期更长，将它们放入土坛，加清水和盐泡上，每年春节，从坛子里捞出来的酸梨，表皮透亮，一口咬下去，酸甜微咸，满口生津。后山梨成熟后，采摘下来放在松针堆里，无论过了多久，从松针里扒出的梨浑身带着淡淡的松香，别有风味。火把梨在火把节前后成熟，许是沾染了火字的味道，火把梨的成熟与红颜色的深浅有关系，青中泛红，越红越甜。芝麻梨，表皮布满白色的小圆点，形如芝麻，皮糙肉香，一棵树往往结得密密麻麻，所以果实比较小，属于梨中小巧玲珑的类型，惹人喜爱。秤砣梨应该算梨中的大家伙了吧，一个都有好几斤，在收割稻谷的季节，沉甸甸地挂在枝头，那是秋天果树上最喜人的存在。

　　这些梨花是有余生的，只是我不知道属于哪一种梨。离开家乡多年，真的是山河依旧在，不知故乡事。

　　网络上很多人都说爱尔兰的国花叫三叶草，可白车轴草也长着三片叶子。这片白车轴草长在一条干涸的沟渠边，嫩绿的叶子中间顶出一秆秆白花,让寂寞一冬的沟渠焕发出勃勃生机。有些变异的植株长着四片叶子,据说找到它就找到了幸运,所以也叫"幸运草"。

堂梨,是故乡野生的树种,树上有刺,正是花期,满树雪白,十里飘香。进入秋季,果实慢慢成熟,一簇簇微缩版的小梨果挂满枝头,不过这时果实酸涩并不好吃,只有待到深秋初冬的微霜浸润以后,果实变成黑褐色才可口。那时,堂梨树就是麻雀和松鼠的天堂。

家乡的村子里,桃树是最多的。这个季节,桃花灼灼,粉面含香。我妈说,该煮桃花酒了。

张爱玲也说过,家里总得备点酒。

花前月下,或将对饮。

一人独酌,喝到微醺。

桃花酒就是桃花最好的归宿吧,厚实的花瓣,清雅的香气,与酒精纠缠不清。

桃花心事桃花酒,不负春光。

金黄的菜花在强烈的阳光下摇曳,蜜蜂嗡嗡地在花间忙碌,一股蜜糖的甜香扑鼻而来。

一些花瓣凋落的地方,结出了细长的青色菜荚,过段时间,会蹦出成熟的种子,开始来生的轮回。从嫩绿的小白菜长成大白菜,再抽出菜薹,后来为人们奉献一个浓墨重彩的花季,可能,这就是生命的意义。

我刚看到"千里光"这个名字,总觉得与这些小花朵不般配。听了传说,才知道有些事物,除了柔美,还有凌厉。

传说从前有一户住在深山里的人家,他们有一个可爱的女儿,可惜女儿刚生下来眼睛就看不见东西,求过很多名医,都无济于事,直到后来,老人用了一种小黄花煮水,用冒出来的热气为小女孩熏蒸眼睛,从此孩子的眼睛明亮,那双大大的眼睛能看到千里之外,所以,人们就叫这种植物"千里光"了。

这黄色的小花长在乡间,灿烂地盛开着,绿叶丛中一片片耀眼的黄,透着几分明媚,绚烂了雅砻江畔的沟沟坎坎。

敬你一碗酥油茶

我的家乡在康巴高原雅砻江大峡谷深处，高山雄伟，峡谷幽深，苍穹湛蓝，气候湿润，阳光灿烂，是康巴高原上难得的一处"小江南"。这里世代生活的里汝藏族，对茶也有着最朴素的情感。

儿时，一丛丛茶树长在老家的沟坎田埂上，椭圆形叶片在这些乔木上发出厚重的绿光。每年三月，茶树的叶片间冒出白色的花来，圆润的花瓣托举着浅黄的花蕊，甚是好看。"春眠不觉晓，处处闻啼鸟。夜来风雨声，花落知多少。"暮春夜晚的风吹过，第二天，茶树下便覆着一层白色的花瓣。那时候没见过雪，现在想来，可能茶树下的一地花瓣就是那时心中初雪的样子吧！

等到茶花凋谢，茶枝也长了好长一截。人们挥舞着镰刀割下茶枝背回来，在清水里洗净，丢入滚烫的开水中大火熬煮，直到绿叶的苍翠煮成浅浅的黄绿。再用大漏勺舀起来，摊好晾凉，接着装入大背篼里压得紧实，任它发酵。

将茶叶倒出来再晾干的时候，一股股白气蒸腾而出，散发出浓郁的茶香。一阵太阳晒过，发酵好的茶叶晾干，颜色也变成了浅褐。人们把散软的茶叶，一捧捧装进袋子里，每次烧茶，抓一把丢进黑色大茶壶的水里，一起熬。水开后一会儿，便从茶壶嘴倒出淡黄的茶水，清澈明净。

夏天，从地里干活回家，一碗装在大瓷碗里早已凉透的清茶水，一口气咕嘟喝下，这是最解渴的方式。我想，喝茶不一定要多么精致的器具和盛大的仪式，无论用什么方式喝茶，都不应该介意和歧视。

真正让清茶进入最高境界的，应该是酥油茶。清茶多熬些时间，汤色更深，茶味愈浓，这时候打成酥油茶是最香的。

从前，酥油茶材料极为平常，两勺盐，一勺全脂奶粉，一小撮糌粑，再加一些核桃末，最后倒入清茶水，在茶桶里上下不停地搅拌多次，倒出来盛在小碗里，可加糌粑，可泡米饭，美味又方便。

我最近回家，喝到了酥油茶的"升级版"。母亲配制酥油茶的技艺已经登峰造极。现在的酥油茶，关键是用料。炒熟的花生米邀约核桃仁，这两大镇茶坚果还得带上火麻仁。火麻仁也叫线麻子，为桑科植物大麻的干燥成熟种子，形如扁卵，表面光滑。火麻仁被《神农本草经》列为上品，它味甘，性平，归脾、胃、大肠经，有润肠通便、润燥杀虫、清洗血管壁的功效。据说，世界上有五大长寿之乡，中国广西的巴马长寿村就位列其中。在巴马长寿村，随处可见九十多岁的老人。

去过巴马长寿村的人都知道，这里的人们以喜食火麻汤而出名。巴马人钟爱火麻汤，就像韩国人喜爱泡菜一般，几乎天天都要摆上餐桌。巴马本地人给它起了一个很迷人的名字——长命油，并且有"每天吃火麻，活过九十八"的说法。

在《诗经》优美的诗行里，所描绘的火麻仁也自带光华。《国风·陈风·东门之池》记载："东门之池，可以沤麻。彼美淑姬，可与晤歌。"其中就有麻，与今天的火麻有关。

花生、核桃、火麻仁被母亲混合一起剁细，配以牛奶、酥油、盐，在茶桶里上下不停搅拌。这时色泽淡褐、香气浓郁、表面浮着油花的酥油茶喝起来咸香、顺滑、油润。酥油茶因为有了火麻仁的参与，沾染了神奇的传说和诗意的气息，火麻仁成了酥油茶的点睛之笔。

市面上，搅拌酥油茶的器具应有尽有，一通电，一按钮，几秒钟就可以搅拌好，但是我老家的厨房一角，却始终放着一个外壳早已斑驳的茶桶。这茶桶是木制的，表面的青漆早已脱落，露出木头最原始的色泽。它因为有了三十年的历史，所以身披厚重的光环，难怪母亲一直舍不得丢。每次打酥油茶，她都会将茶料放进去手工搅拌，打出来的酥油茶倒在木碗

里，表面飘浮着一层坚果末，它们呈清晰的颗粒状，嚼起来满口生香。

　　在康巴里汝藏族中，茶与礼仪也紧紧相连，密不可分。喝酥油茶是很讲究礼节的，大凡宾客上门入座后，主妇很有礼貌地按辈分大小，先长后幼，向众宾客一一倒上酥油茶，再热情地双手递上。一口滚烫微咸的酥油茶入口，那种充斥着野外气息的味道会让你忍不住生出许多关于宽广和自由的想象来。

　　中国人爱喝茶，潮汕人会泡茶，广州承包了早茶的世界，成都喝茶晒太阳摆龙门阵，老北京离不开一口盖碗茶……在康巴高原，里汝藏族人的血液中，流淌的一半都是酥油茶。

道孚的根雀

平时看惯了梨花绰约、桃花灼灼，原来还有一种花，一走进眼里，就住进了心里，这便是根雀花。"根雀"是道孚当地藏语的音译，问了好些人，都不知道这树种从何而来，它兀自在海拔三千至三千五百米的高原生长着。

在道孚，有些花是用色彩说话的，比如藏波罗，顶着玫红色大喇叭，远远望去一片鲜艳；比如点地梅，花型小，粉红，西瓜红的小模样，老远就是一片迤逦。可根雀，道孚人家的房前屋后都是它的影子啊，比起那些艳丽的花朵，它如一个内敛的人，内心再多炽烈，表面也云淡风轻。

根雀树比其他树要沉稳些，直到整树绿意弥漫，花蕾才三个一群五个一伙地蹦出来躲在叶丛中，凑近了才能看清它们的真模样，一点粉红晕染在花蕾顶端，如一个闭口不谈的小女子，娴静美好。

微风几缕，日日眷顾后，带有小锯齿的绿叶丛中的那些花蕾便撑开一簇簇根雀花朵。它们褪去曾经的"口红"，花朵洁白，满树馥郁，像打翻了香料瓶子似的，让整个寨子都染香了。朵朵根雀息在树上，人们最喜欢在这时候走出家门，有人摘了一枝别在衣襟上，走到哪里都是一阵花香，随即，人也变得柔媚起来。

枕着一袭花香，我干脆躺倒在根雀树下，那是晴朗的天气，高原的天蓝得清澈，阳光透过根雀树叶和花朵的缝隙一丝丝洒下来，投射在我的脸上、地上，那光斑如蝴蝶、蜜蜂、树叶、花朵……这样的时光，每一寸，

都是馈赠。

　　从五月初，我便追着它看，先看道孚县城周边的根雀花，再顺着山坡往上走，一直到五月中旬，都能看到它的影子。这时它盛开在约呷村旁边的山坡、地坎上，海拔比县城周边又稍微高了一些。这时，我得以好好观察了一番它的树干，黑色的树皮如鱼鳞，将粗糙的岁月都密密麻麻地写在它长成的这几十年，甚至上百年的年轮里。谁说不是呢，这一路走来，以至于满树的根雀花开，它是经历了多少的凄风苦雨？

　　小时候，根雀植株矮小，每年春天刚发芽，可能连枝带叶一并进入了牛儿们的嘴里，年复一年，它们在被啃去的树桩上发芽，从未放弃成长。

　　根雀花开过，道孚的夏天才是真的来了。根雀花凋落的花柄上，结出了小小的根雀果。夏日多风雨，无论满树的绿叶在狂风中如何颤抖，小果子们紧紧依偎在枝头，愉悦地沐浴在随之而来的雨水中，光滑明亮。

　　秋风乍起时，高原的阳光在山川草木的身上都涂上金黄，根雀树叶也一日日稀疏凋零，一片片安然地沉入泥土。这时就能看见它满树的丰硕了，根雀树举出鲜红的果实逗引着叽叽喳喳寻食的鸟儿，虽然听不懂鸟儿的语言，但它们一定充满着感恩。

　　十二月，在瓦依乡，根雀正红。风霜一场接着一场，逼近的寒冷日益浓烈，每一枚根雀果，都沾着隔夜的霜雪，圆润饱满，晶莹剔透。经过霜冻的根雀果酸甜软糯，吸引了好多猴子盘踞树端。它们极为顽皮大胆，见到陌生人来，也不逃逸躲藏，吃饱根雀果的猴子就成群地跑到溪边空地跳跃欢呼，或者悠闲地各自晒着太阳。

　　根雀树没有人为地刻意修剪，它不气馁、不沮丧，安静地将道孚的田野山坡当作舞台，无论春天的绿叶、夏天的花朵、秋冬的果实，都映衬着藏族民居、蓝天白云、天地纯洁。

繁茂的春天，定会盛装而来

二〇二〇年的开端注定是不平凡的，因为疫情，很多人都在居家隔离。我们也在家里隔离了二十多天。老家所在的小县是非疫区，我们居住的小山村在雅砻江大峡谷深处，人口密度很低。据说通向外村的路还在设卡堵着，不知道疫区被隔离的人们是否也有一条路，通往内心？

自从学校放寒假，我带着孩子来到这里，生活一下子从车马喧嚣变得简洁明了。疫情暴发后，每天睁开眼睛的第一件事情，就是打开手机关注最新情况，那些数字下降或者攀升，会让我的心情也高低起伏，这种激愤让我很难沉静下来读完一本书，或者关注村口那一树树早已绽放的樱桃花。

这一段时间，在疫区的人们是否跟我一样失去了惊喜的能力？那些汹涌而来的无趣、麻木和平淡是否也在占据着我们的生活？

直到今天，我母亲拿着板锄来到我家那块坡地，一块很尖酸的土地。如果把它比作人的脸部皮肤，它应该是"混合型"，有的地方缺油，有的地方缺水，用护肤品也要很讲究，手法也要独到，它才能不干不湿，不痛不痒。这块土地，在那个艰难的年代，维系着我们一家大小的一日三餐。它的贫瘠源于一部分是沼泽，每年雨季大涝；另一部分是陡坡，不住水，因过水快造成大旱。就是母亲年复一年的坚守，不厌其烦地施肥、改造，每年秋天，它才会长出金黄的玉米、饱满的葵花籽、沉甸甸的天须米。

母亲径直来到坡地底端。我目之所及，植物丛生。母亲高高地举起板

锄向着这些茂盛的植物"下手",不一会儿,将它们一片片连根铲起。我正惊异于母亲的举动,她说这种植物叫"紫茎泽兰",它强大的繁殖能力已经入侵了我们的土地,家家户户都痛恨它,见到必会斩草除根。

我想,不能让吃货来控制紫茎泽兰吗?原来,这是一种万恶的毒草,连动物吃了它也会引起呼吸道感染,它的顽固在于,除草剂的药效一过,又会卷土重来,继续入侵人们赖以生存的土地。

母亲继续将板锄挥舞在紫茎泽兰身上,那种快、准、狠,让我想到医生之于恶疫。愿春天到来之时,疫情也被斩草除根。

母亲将这片紫茎泽兰铲除完毕,大地露出它本来的样子,憨厚而谦逊。她说就在这块地里种几株南瓜吧,随即撒下一些南瓜籽,用薄土盖住。

你看,这关于节令的问题,大自然从不耽搁一点点,再过一段时间,人们就会在打扮得松软的土地上种满农作物。

穿过那片被母亲连根撂倒的紫茎泽兰,我仿佛找到一条通往内心的路。我要告诉那些在疫区的人们,恐慌和绝望是比病毒更厉害的敌人,是我们精神难以承受之重荷。这条通往内心的路,就是良好的心态、稳定的情绪、坚定的信念、随遇而安的能力。坚持一下,再坚持一下,一个繁茂的春天,定会盛装而来。

臭猪肉

记得那年，我参加工作被分配在道孚县扎坝区的一所乡小学。可能我有藏族地方方言基础，不久，我也能用扎坝藏语流利地与学生和家长交流了。

一天早晨，我刚起床拉开门，便看到有个孩子捧着大蒸锅的格子从校门口那棵苹果树下向我走来，隔着五六米，就有一股"奇臭"灌入我的鼻孔，仔细一看，那蒸格上居然躺着一只通体黄澄澄、表皮锃亮的大猪腿。那孩子告诉我，是他奶奶交代让他带给我吃的。

自此，我才知道除了我吃过的臭豆腐外，还有一种与"臭"有关的食物——臭猪肉。原来，扎坝的家家户户都有臭猪肉。在扎坝，臭猪肉的多少、年份多久，都是一个家庭财富和名望的象征。

走进碉楼大门，沿着板梯上到二楼，客厅厨房并用的宽阔空间里，梁间都会悬挂着一头或几头乌黑发亮的"黑猪"，特别是挂在火塘上面那只，已经被长年的人间烟火熏得油亮。据说，有些悬挂梁上的"黑猪"已经有了二三十年的历史。

臭猪肉看似简单，做法却烦琐细致，每一步工序都考察着扎坝人的技艺水平。首先得挑选一头体壮膘肥的好猪，然后用绳子把猪给勒死，在猪肚子切一条口，将里面的内脏全部掏空，塞入小麦、青稞等五谷杂粮后缝合好，接着用红土和灶灰和成稀泥将猪的七窍封死，再将整头猪吹胀以后埋在麦糠里面吸干水分，最后悬挂在灶上梁间，配以山柴炊烟的熏制。日

复一日，年复一年，时间变成了最好的佐料，猪身日渐发黑发亮，美味也在时间的流逝中悄悄酿成。臭猪肉，可煲汤，可炒制，入口浓臭，嚼后鲜香。熏制好的臭猪肉可以储存十多年甚至三十年之久。

　　从前的扎坝，自然灾害、虫兽侵扰以及动荡的生活，让先祖们不得不时刻准备着可以长久保存的食物，以备不时之需。"晴带雨伞，饱带干粮"，臭猪肉就这样走进了扎坝人的饮食世界，这是一种先祖智慧的体现，值得被敬畏。

雅砻江畔年味浓

年关近,年味浓,雅砻江畔弥漫着悠久的肉香。在过去物资匮乏的年代,它以一种仪式滋养着贫瘠干枯的胃口,直到已是小康生活的今天,对这片土地弥漫的肉香,人们依旧念念不忘。齿颊留香,是年复一年无法抹去的饮食记忆。

过年最让人期盼的,莫过于合家团圆的那顿年夜饭。多年来,父亲便是灶台前掌厨的人,以至于每年都是最后一个上桌吃饭。每年年夜饭的桌上,我们都能吃到雅砻江边独特的"年味"。

酥肉是有的,年前必有一个下午,父母要炸酥肉。切好条的半盆精瘦肉,放上鸡蛋、面粉、姜丝、盐、白酒、花椒粉,母亲负责拌和腌上,不一会儿,在适宜的油温里,放入沾满蛋液的瘦肉条,炸至金黄捞起。刚炸好的酥肉香脆可口,我们兄妹几个守在厨房吃刚出锅的酥肉,多年来已成习惯。自我参加工作,每年父母都会装一袋酥肉让我带上。自此,放白菜、木耳、豆腐的酥肉汤,让我在异乡感到融融暖意。

"无膀不成席",膀是雅砻江畔最盛大的一道硬菜。膀的原材料是肘子。父亲先给肘子抹上兑好的蜂蜜酒,在盆里腌制半小时,接着下油锅炸至表皮金黄捞出。年三十那天,父亲一大早起床,必会把膀放在一口大锅里,加清水烧开,再文火炖煮,整间厨房雾气氤氲,肉香弥漫。炖得饱满酥糯的膀被父亲用锋利的菜刀横竖划拉开几条口子,接着父亲开始在锅里"煮料"——在锅中放一小碗开水,加盐、味精、酱油、醋、少许姜末和

葱花，再煮开一次，舀起来淋在膀上。就这些普通的佐料，这样朴素的吃法，依然让它浓香扑鼻，彻底与普通的肘子划清界限，有了迥然不同的味道。

腊肉、香肠不在话下，肉丝、肉片太过拘谨。最后上一道清炖土鸡汤。是母亲养的鸡，只喂它们玉米粒和白菜叶。这鸡确实土得不能再土了。除了水、盐和姜丝，再不加入其他佐料，鸡肉炖得软烂，鸡汤橙黄鲜亮，表面浮着一层鸡油。这样的鸡汤泡饭，是多美味的鸡汤饭，可母亲是坚决不允许我们泡饭的，她总说，大年三十鸡汤泡饭，走到哪儿，哪儿淋雨。母亲的这番话，让我异常好奇，于是，偷偷地用鸡汤泡饭，看母亲的话是否应验。后来，有那么几次没带伞，果然被雨淋，也许那只是巧合，也许真的是"不听老人言，吃亏在眼前"。往后的年夜饭，我老实多了，重新拿碗，单独盛了鸡汤来喝。

过年，父亲的土酒也是必不可少的。这种用土法酿出的酒，味道醇厚，有一股好闻的谷香。父亲每次酿酒都会封坛，说封三五年，那时才是陈年老酒。可每次过节，他总是打开喝个底朝天。于是，父亲就在酿酒的路上越走越远。

雅砻江从这里拐了个弯，向远处奔涌而去，它以奔腾的热情和生生不息的活力，滋养着这里的饮食文化。雅砻江畔的年味是"大口吃肉，大碗喝酒"的畅快，是日趋寡淡的年味中浓浓亲情的牵引，是一场用心准备、私人订制的温暖盛宴。

我已长发及腰

我对长发的执念是从读中学开始的。或许，热爱长发是对我小时候缺憾的一种弥补。

小时候，我经常生病，当时听父母说是因为我肚子里的蛔虫太多，以至于发起病来，疼得在地上打滚，哭闹得呼天喊地。听说偏方可以治这种病，我喝过灶灰兑的水，喝过苦楝树皮熬的汤，那种苦涩得难以下咽的感觉，到现在都记忆犹新。然而，没什么用。于是，我的整个童年都面黄肌瘦，头发枯黄。那个年代，物质非常匮乏，生活条件也异常艰难，洗头没有洗发水或者护发素。每到周末，我带着年幼的弟弟妹妹，拿着洗衣粉到我家附近的那条水沟去洗头。当时八岁的我也不知道有没有把头发清洗干净，总之结果是本就枯黄的头发愈发干枯，如一蓬蒸发掉水分的稻草，毫无生机。

那时候，父亲常年在外，母亲在家里除了照顾我们三个孩子的学习和生活，还要下地干活。母亲每天割草、砍柴、锄地……农活多得干也干不完，根本没有时间打理我那乱糟糟的头发。不久，我的头上就长满了虱子，晚上睡觉都痒得用手抓来抓去。结果，在我上三年级的前一天，我母亲便拿起家里她用来裁剪衣服的剪刀，毫不犹豫地剪去了我的头发，还剪成了当时男生的发型——"小男式"。然后，我摸着自己短得不能再短的头发，"哇"地哭了。

后来，我顶着一头假小子短发，被同学取笑了几年。六年级时，头发

半长不短，最是尴尬。两边扎起来，高高地撅着，活脱脱像兔子的耳朵。

终于熬到上中学，去离家九十千米的县城上学了。三年的时光，足够我蓄上一束能扎起来的马尾。我用节省下来的饭钱去买了一条小丝巾扎在马尾上，觉得自己美丽极了。在课间操时的阳光下，在下晚自习后的月光里，我都要看看自己的影子，心里想着，再长点就好了。

真正有一头长发是从读师范学校开始的。那三年的中师时光，给了我一个少女关于长发最真实生动的记忆。

那时候，我十六七岁，是人生中最美好的年华，顶着一头浓密的长发，老是笑得没心没肺。每次笑起来，总是牵动右脸颊那个漾开的深深的酒窝，连空气里都弥漫着彼时关于青春的所有怀想。

也在那时候，我爱上了洗头。买来一瓶散发浓烈香味的洗发水，把头发浸在水中，长发纷扬，看它在水中一根根绽放饱满。我低头一遍遍梳理着发丝，如同抚摸自己最心爱的珍宝般小心翼翼。洗完头发，就在学校宿舍门前的操场上站着，任凭康定灿烂的阳光倾泻在我的头顶、发梢。头发晒干了，垂直落下，肆意地让马尾长及腰间。

那年四月，我们迎来了军训。教官是山西人，年龄和我们相仿。一张稚嫩的脸可能被康定的寒风和阳光灼得散发出微微的"高原红"，可是这张脸却透出一股严肃的认真。当时的我，性格腼腆，内向，在整个训练的过程中，我都是最踏实的那个。

九天的军训接近尾声，正在进行合练，准备汇报表演了。那天下午，训练结束，集合讲评的时候，教官通知大家一些汇报表演时的相关要求。当他说，要把头发盘进帽子，不允许露出来的时候，我们排的所有人都异口同声地回答："是。"只有我一个人大声地吼出："不会。"

教官严肃地点了我的名，让我跑步向前。那刻，我心里的忐忑回应在脸上，脸红得恨不得找个地缝钻进去。接着，教官让我向后转，面向大家，背对着他。我照做了，已经做好了罚站军姿的准备。没想到，教官揭开了我的帽子，开始帮我盘起了头发。他盘得很认真，队伍里也很安静，我心里却紧张得七上八下。他盘了好久，盘好了却戴不上帽子；戴上了帽子，头发又散了。那刻，我庆幸自己是背对着他的，看不见他眼里喷出的怒火。可是，我错了。他居然哈哈大笑起来，还允许我一个人在汇报表演那天把头发放在帽子外面。教官下令解散，留我在原地一脸的迷茫。

直到汇报表演结束最后一次集合，教官单独留下我，从他头顶的军帽里拿出一封信交给我。

那时的长发，是一段记忆，一段关于青葱少年的记忆。如今，时光陈旧、模糊，但我的长发情结始终无法消散。

从师范学校走出，已工作多年。日子一天天在梳子细密的齿缝中流走。我的发，也早已爬过腰际，以至于想起我前几年读到的诗句："待我长发及腰，将军归来可好?"最终，我也没有等来那个穿着军装、策马扬鞭、手执长枪的少年英豪。

多年来，我依然珍视我的及腰长发。因为"长发及腰"是一个美好的词语，可以诠释少女时代最靓丽的曾经，也可以写就一个女子在皱纹爬满眼角时、受生活重创后最踏实的现在。

光阴沉淀，我将在相夫教子的余闲里，偶尔为我的长发做个柔顺护理，偶尔剪个齐尾，不亦乐乎！

是的，我早已长发及腰。

母亲的菜园

我家搬过三次家，无论搬到哪里，母亲都会开辟出一块菜园。

母亲是穿过几座大山，从九龙大河边嫁到凉山拉姑萨的。一下子从山脚到了山顶，除了海拔升高以外，土地里的农作物也有很大的变化。

拉姑萨的土地每年只能产出一季庄稼，除去气候的原因，更重要的还是缺水。

在寨子旁边的核桃林里，不知从什么时候起就有一口浅浅的水井，井水供全寨的人畜饮用。菜地就更可怜了，全靠老天落下的雨水浇灌。

母亲用手腕般粗壮的木棒将屋子附近的一块山地围了起来，防止散放的牛羊进入菜地，糟蹋蔬菜。

春天，母亲松土、施肥、撒种、背水、浇水。等春天变成夏天，菜地里长出一些白菜、青菜和萝卜这些生长周期较短的蔬菜。

等蔬菜成熟，母亲会赶在秋霜到来之前，将白菜洗净风干——老家称为"干板菜"；将萝卜切丝在烈日下暴晒成萝卜干；将青菜摘回洗净，经开水氽过，放入木桶自然发酵，变成酸菜。

母亲的辛勤劳动让那块菜园回馈了我们一些干菜和酸菜。一整个冬天，我们窝在寨子里，在甑脚①水里煮萝卜干、干板菜，烧酸汤。

第二次搬家，我家有了一块大一些的菜园。但那块地依然在土坡上，唯一好点的就是不用在菜园四周围上栅栏了，周围人家不养牛羊，没有祸害蔬菜的家伙了。

---

①甑脚：蒸饭用的木桶。

菜园依旧被母亲翻松，因为坡地不住水，只能种些白菜、茄子、土豆、南瓜那些在民间最普及的蔬菜，于是餐桌上就有了干煸土豆茄子、白菜南瓜汤，吃来吃去，也就腻了。

　　第三块菜地，随着我家第三次搬家而来。这是一块上好的田地，就在新修的屋子旁边。母亲用锄头将田垄垒高了些，再将田地分成一畦一畦的。最喜欢看母亲育辣椒苗，先将土地翻松、浇透，然后撒下种子，再覆盖上稻草，这样既能够给种子保温，后来每天浇水之后也不至于让土壤板结。每天上学前或放学后到菜园里，除了浇水，还要翻开稻草瞧一瞧，看辣椒种子们发芽了没有、发芽后长大了多少。看到发芽长叶之后，我们总是兴奋不已。可能生活中有了这些小小的惦记和期待，每天都充实快乐。

　　过去菜地太少，母亲只种主要的蔬菜，现在有了这块菜地，她总会开辟出一块来种下葱、蒜那样的佐料。每次种小葱，母亲用锄头掏出一条条的土沟，直接在土沟两边杵下葱头，栽好了，我们兄妹几个总会割来一捆捆的青蒿盖在上面。听母亲说，这样可以防止暴雨将葱块根连根拔起，青蒿的苦味还能防虫。看来，种菜的学问大着呢。

　　"七月葱，八月蒜"，葱子长得郁郁葱葱，母亲挖出来，叶子和肉末做成了包子馅儿，葱头泡成了泡菜。那种独特的香味，是母亲菜园里的味道。葱子收成后，母亲种下大蒜，用同样的方法，蒜头成熟那是深秋以后的事了。

　　现在母亲的菜园里，再也不是土里吧唧的大白菜、小白菜、老青菜，还种了许多"时髦"的蔬菜，比如茼蒿。茼蒿又叫安南草，它是一种常见的时令蔬菜，这个冬天，我看见它们在母亲的菜园里轻柔地生长着。此时，茼蒿已经开花，花心中间是一圈密密麻麻的花柱头紧紧地挤在一起，外面围着一圈白色或淡黄色花瓣，与野菊花十分相像，所以茼蒿还叫菊花菜。

　　在菜园的角落，母亲还种着薄荷。薄荷跟韭菜割完一茬又一茬的特性差不多，所以我家的薄荷都是割回来当作烫火锅的素菜。大河边的冬天，薄荷也会不惧寒意地伸出绿秆子，顶出几片小叶子，我们摘下来切细，放入加有葱花辣油的蘸水里，蘸豆花来吃。那大呼过瘾的吃法，一直都是我内心深处不绝的念想。

　　过完春节，攀爬于芦苇秆上的四季豆藤和土坎上的南瓜藤，不久都会开出花来，结出果实。

我的外公

我的外公是一个瘦小却精神矍铄的老头，头上永远包着青布帕子，嘴里叼着旱烟袋，他一吧嗒，冒出一股轻烟，兰花烟的味道就从很远的地方传来。

外公喜欢抽烟喝酒，已经达到嗜烟嗜酒的程度。在那个过滤嘴香烟还没普及的年代，外公的烟都是自己种的。

那年春天，他在房子的旁边开辟出一小块地，四周用大大小小的石头垒起个小园来。锄头刨开土，捡出小石子，培得细细的，就开始育烟苗了。我望着外公手心里比天须米还小的烟种子，问外公："这么小的种子，能长大吗？能变成你嘴里吧嗒的兰花烟吗？……"外公不厌其烦地回答我的一通问题，现在想来，外公说的大概就是只要是种子，只要种下，只要努力发芽、生长、开花，总会成熟。以至于后来，我都相信，每一粒种子种下，都是一个希望，总有结果的时候。

兰花烟种子被外公在小园里种得一畦畦的，每天坚持浇水，果不其然，在他的精心照料下，种子发芽长大。虽然兰花烟叶的个头不是很高，但是它椭圆细密的叶片吸引了我，我忍不住伸手摸上去，墨绿色的叶子黏黏的。

阳光和雨露是植物最好的催化剂。叶子依然围着毛茸茸的兰花秆四散展开，叶柄与秆的结合处，开出状如小铃铛、指甲盖般大小的黄色小花来，一朵朵向着太阳。

外公一如既往地给他的烟叶们浇水、施肥，发现根部的叶片黄了，便立即揪下，放在阴凉通风处晾干。揉碎后的烟末被他迫不及待地装入烟袋，盘腿坐在一棵桑树下吸起来，一圈圈袅袅的烟雾和解了他躬身烟叶地的辛劳。等立秋过后，外公收下所有的兰花烟叶自制成了旱烟。他每次抽完一锅旱烟，便将烟灰随意磕在鞋帮上，开始给我讲起故事来。

外公还喜喝酒。酒是一种文化，喝酒可助兴，喝酒能解忧。但是，乐呵呵的外公喝酒，可能只是一种与生俱来的爱好。那时候的酒器没有现在齐全，一只葫芦就是外公的酒罐，无论上山放牛羊，还是下地干活，外公的腰间总带着它，让我想到游乎四海、自由快乐的活佛济公。那时酒的种类没有现在丰富，外公的酒罐里装着散装白酒。放牛羊累了，找一块大青石坐下，拿出酒罐放在嘴边轻轻抿几口，酒液轻轻滑过外公的喉咙，他的一舒眉、一眨眼，都让我觉得喝酒是让外公快乐的事情。所以外公每次酩酊，坐在二楼隔板上对着外婆和小姨发酒疯，她们偶尔会迁怒于我，在她们眼里，外公最疼爱的孙女都不劝外公少喝，真是白疼，只有我知道，喝酒才能让外公真正快乐。

每逢村子里红白喜事，有酒，仪式才能完成，正如《左传》里说的"酒以成礼"。在这场合，外公也是必醉的。有一次，村里一户人家有喜事，小姨在家左等右等不见外公带着我回来，随即找到这户人家，只见外公早已喝得酩酊大醉，怀里还紧紧搂着熟睡的我。

还有一次，村里有户人家办丧事，外公照例醉得不省人事，一到家，他颤巍巍地从怀里掏出一个黄皮纸团递给我。打开纸团，虽然热腾腾的雾气早已散尽，但油光锃亮的两块肉正散发出诱人的香气。

根据村里传统，无论红白喜事，都会弄"三盘九碗"来招待宾客，答谢四邻，在那个生活艰难的年代也不例外。待到开席，每桌都会上一道硬菜——"墩子"（红烧大肉）。那时物资匮乏，每份"墩子"都是算好的，一块不多，一块不少，每人两块，外公等其他人把自己的那份夹走，便找来一张黄皮纸，把剩下的两块夹起来包上，揣在怀里，给我带了回来。

外公放牛，便带我上山，教我认黄蜂、黄芩、川芎、当归……那些草药，有的长着狭小的针叶，有的是阔大的叶片，有的开着五色漂亮的花

朵。外公把草药挖回来，洗净放入瓶子泡酒。最喜看他的药酒瓶，里面总有一些花瓣舒展，漂浮在酒面上。有时候走累了，外公让我在岩石底下休息，我便蒙上自己的耳朵，对着泡灰里的小窝大声吼起来，不一会儿，爬出一只不知名的小虫，这样一直可以玩到外公采药回来。以青山绿水为邻、花草虫鱼为伴便是那时我初识自然的写照了吧。

外公信奉"男带魁罡，女带文昌"的这一类男女必有出息。他总说我命带"文昌"，坚信我是"必有出息"的。七岁那年，我上小学，外公用积攒下来的三十五块钱，为我交了第一学期的学费。外公寄予我的厚望，就是好好读书，将来"有出息"。现在想来，外公所说的"有出息"，可能就是摆脱父辈"面朝黄土背朝天"下地劳动的辛劳吧！

后来外公生病，被大姨接到县城治病、休养。第二年春天，外公离世。就是这个慈祥的老头，在疾病中艰难地走完了六十年的人生。

曾在一本书中读到这样的句子，"那些死去的人/停留在夜空/为你点起了灯"，"有人说一次告别/天上就会有颗星又熄灭"。不知道人死后，会不会幻化成星星，但是，外公的灵魂一定是有光亮的，在那个叫作天堂的地方，熠熠生辉。

纯朴如花

那年九月,我参加工作。从老家出发,几天后,我连同我简单的行李一道被搁置在了鲜水河大峡谷深处那个陌生的地方。寒暑交替,日月升降。多年来,任凭大浪淘沙,时光依然带不走记忆里那片净土上纯朴如花的人们。

沿着潺潺的鲜水河向下,峡谷越来越深,山愈渐陡峭,在河流大回湾的峡谷底,那片土地被称为"扎坝"(藏语意为"制陶人生活的地方")。远远望去,那些用青灰色片石砌成的大多为五层的碉楼错落有致地散落在山间,苍凉而古朴。

我工作的学校就在这些碉楼群组成的几个寨子中间。那时,我忘了最初离开家乡时的迷茫,始终想不出那个关于惆怅的名词。

孩子们来上课了,看到新老师,胆大的都围拢来。看着他们亮亮的眼睛、甜甜的笑,我也充满温暖。从此,学校有了几帧明媚的风景——课堂上,孩子们吃力但认真地学着汉语;课后,孩子们努力地教我说着扎坝藏语。

那时,正是秋天。放学铃声一响起,孩子们就如撒欢的小羊,一个个跑回家去,留我一个人坐在学校的围墙上,看一片片金色的青稞地,如莫奈笔下的油画,在蓝得纤尘不染的天幕下显得更加悠远而辽阔。这一待,就是一下午。突然,我听到暮气沉沉中谁在锐声地喊人——"陈老师!"仔细一看,不远处站着一位白发皤然、脊梁弯曲的老妇人,手里轻轻摇动

着转经筒,见我没答应,她又喊了好几声。我大概听懂了,她是请我到家里吃饭。拗不过老阿妈的热情,我跟着她去了她家。

那是我第一次走进扎坝的碉楼。从一楼的大门进去,沿着藏式独木梯往上,就到了二楼。这是一个空间很大的厨房,厨房的中间柱子上挂着柏枝、哈达,象征着"五谷丰登,万事如意"。厨房也是客厅,全家人正席地而坐,等着我来了一起开饭。老阿妈的家人见我进来,全都站起来,热情地把我迎到火塘边坐下,随即为我端上热腾腾的酥油包子和奶茶。我看着火塘里熊熊燃烧着的快乐的火焰,还看着火塘里好看的火星四散惊起,我那刻的温暖来自玛尼阿妈一家的热情。

接下来的日子,我的办公桌上有时会多几个黄澄澄、红彤彤的苹果,有时会有一堆嫩绿的葱子、几棵白菜、各种馅料的包子、一袋土豆、几瓶牛奶……我知道这些都是孩子们和寨子里的阿妈们放的。

一学期的日子呼啸而过,再回已是来年三月。

三月底,高原依然会有灰蒙蒙的天空,让人感到莫名的沮丧。我望着山顶的积雪,想着仿佛逾越不了雪线而来的春天,就有一种落泪的冲动。也许是晨曦依然寒凉,也许是我身体里某些早已脆弱的细胞在呐喊,我病倒了,在四月初的夜晚。半夜,我从腰部右侧的剧痛中醒来,大滴的汗珠滚落,浑身因剧痛而痉挛抽搐。在奄奄一息中,我拼尽全力拉开床头电灯开关的拉线,蓦地,在疼痛间隙中闪过《十七岁不哭》里的人生素描——上课啦,放学啦,放假啦,毕业啦,后悔啦,老啦,死啦。才毕业,还没机会后悔,怎么能死?在死亡面前,一定会产生不甘和恐惧的,我想。

正在这时,拉姆阿妈敲响了我的门。她说看到我的灯亮着,担心会有什么事情。得知我病得厉害,她二话不说,放下两个年幼的孙子,到乡政府给我喊人了(当时正值虫草季节初期,家里的青壮年都上山了)。天亮的时候,拉姆阿妈带着人赶回来了。当时是后半夜,她一个人拿着手电筒穿行在幽深的峡谷里,一路小跑来回二十千米。阿妈回来的时候,她已经累瘫了,嘴里还一个劲地喃喃着:"能救命就好,能救活就好。"

我被送到了县医院。病愈出院回到学校时,只见碉楼四周漫山遍野的野毛桃,花开正盛,一团团,一簇簇,粉白粉白的,如细小的蛱蝶,未曾浸染风尘里的薄凉。当我走进教室，讲桌上赫然放着一个塑料的饮料瓶，里面插满了一束束野毛桃花。孩子们说，他们在电视里看到，要送病人鲜花的。

野毛桃花，真的开了。原来，梦里的春天，终究会回落枝上，就像扎坝的人们，用纯朴和善良灌溉着异乡人心底干涸的河床。如今，那些如花的纯朴还会嵌入我的梦里，朵朵清晰。

又见合欢树

> 有一种树，叫合欢，有一种感情，叫发小。
>
> ——题记

在雅砻江大河边山区，合欢树是常见的一种树。比较奇特的是，合欢树很少长在荒山野岭，它们更乐意长在有人出没的地方，公路旁、庄稼地的土坎边。在我的印象里，合欢树都不是特意栽种的，它们好像天然就长在土里，纯属野生。

这种树与人走得特别近，也很容易被人视而不见。没有人去给合欢树锄草，施肥。它们亲近人却不依赖人。它们唯一依赖的是脚下的土地和头顶的阳光雨露。

合欢树叶纤细如羽毛，但它一样绿荫如伞；它的花丝粉红，清香袭人，花型如扇，毛茸茸的，每一朵都如女子耳朵上的吊坠，微风拂过，摇曳生姿。

这棵合欢树，长在别人家的土地里，它的主人是我的发小。我每次从外县回乡，总要到这棵树下走走，渴望与发小偶遇，可是，每次都带着失望而归。偶遇，是一件多么可遇不可求的事情啊。

合欢树已经长得很大了，主干粗壮了许多，树冠呈圆形，在冬天也能遮住偏西的阳光。村里的妇女，喜欢三五成群地在树下盘膝而坐，做些诸如绣花、纳鞋垫一类的手工活。只有我喜欢盯着合欢树出神。

那时，正值六月，合欢树开阔的树冠枝叶纷披，粉花散如丝、团若云。我跟发小经常爬上树梢的枝杈间，惊奇于昼夜里小叶片的展开闭合，忍不住摘下好多枝，编成花环，套在头上。

我跟她都不是调皮的孩子，所以我们基本上没有过什么壮举，放学路上一起聊得最多的就是电视节目，那时候我们晚上追剧，第二天放学路上一边走一边讲剧，我落下了哪集她给我讲；她落了哪段我给她讲。那时，我们听迟志强、邰正宵，喜欢看《射雕英雄传》《少年张三丰》《新七侠五义》……不停地哼唱"千年等一回，等一回啊"，因为在放学路上讲剧、唱歌耽误了回家的时间，我母亲常常是拿着又长又细的桑条到半路来"接"我。

不顾身上紫色的条痕，每个周末，我们依然聚在合欢树下"跳房"或者踢毽子。"跳房"时，我们先在树下选块平地，找一根树棍或一块尖利的石块，在地上画上"房"。"房"以方格为主，总体呈长方形，共八个格子，长四宽二，相当于两列。

我们会找一块厚薄适中的石片，人站在两个格子的其中一边，先将石片丢在第一个格子内，跳的人全神贯注，单腿蹦跳，将石片轻轻踢进第二个格子内。这样依次一格一格跳下去，直至将石片踢过全部格子。中途累了，我们就在合欢树下促膝长谈，权作休息。

进入下一轮，我们再将石片丢在第二个格子内，再从第二个格子踢进第三个格子，依次跳下去，最先把格子跳完的就算取胜。跳完全部格子后，就取得了盖"房子"的资格。盖"房子"要求跳的人背向"房子"，将石片从头顶向"房子"抛过去，石片落在哪一格，哪一格即为胜者的"房子"。如果石片压线了，或者出线了，则算失败。不知不觉，太阳偏西，父母喊回家吃晚饭的声音透过合欢树叶的缝隙传了过来，我们才依依不舍地作别。

回到家，我才发现胶鞋右脚大拇指的地方已经破裂，拇指从胶鞋里钻了出来，鞋帮也破了洞。第二天，发小一见我这狼狈的样子，总是咧嘴笑开，弯弯的眉眼，上翘的嘴角，带出右脸颊那个深深的酒窝。

又到周末，父母是不再允许我们"跳房"了。我们只有满世界寻着能

做毽子的材料而去。最受我们青睐的是火麻，火麻树有两三米高，树形像一把伞，树叶似爪，上面长着细细的茸毛。我们摘下它的叶子，用细绳从中间穿过，扎在一起，变成了"毽子"。白杨树叶、废弃塑料袋，也是我们做毽子的材料。那时明媚的阳光异常温柔，肆意地洒在合欢树的枝丫上。树下，又成了我们斗"毽子功"的战场。

后来，发小的家庭突遭变故，接着她便辍学在家。我也去了外地读书。再后来的假期，我去找过她几次。她总是在灶台边忙碌着，那是一个土灶台，用土砖垒砌，糊上黄泥石灰。她爱干净，灶台上上下下、里里外外都拾掇得清清爽爽，锅碗瓢勺、油盐酱醋各归其位。

接着她挑出两个大点的土豆切成细细的丝，轻车熟路地放到锅里翻炒，再做出一些洁白绵软的馒头。她说现在迷上了织毛衣，还经常去那棵合欢树下边织边打发时间。

再后来，等我假期回家去找发小，发现她的房子大门紧闭，锁孔隐隐透出斑驳的锈迹，台阶上长了一层绿色的青苔，庭院安静。村里人告诉我，发小早已远嫁。那天，我回到我们的合欢树下，闭眼，能清晰地听到风过合欢树叶的沙沙声，一阵落寞袭来。

"春色不知人独自，庭前开遍合欢花。"（王野《缺题》）时光如河，合欢犹在，穿过合欢牵缀的旧时光，我仿佛看到，发小在自己的角落长成了一株合欢树，那温暖的笑，那双勤劳的手，一定将生活过得有滋有味，美好合欢，生生不息。

拾柴小记

记得在视频里听过一个段子,一位老人在镜头前眉飞色舞,连珠炮似的形容我的家乡"前边是山,后边是山,左边是山,右边是山,山连着山,山靠着山,山挨着山",那老人用家乡方言和夸张的表情诠释了一连串的"山",令我捧腹之余,才发现,我的家乡确实四面环山。

老家的村子坐落在半山腰,雅砻江从山脚流过,放眼望去,四面光秃秃的大山绵延几十里。缺柴,成了这个小山村永远的痛。

这是二月下旬的第一天,山路两旁的白梅树已经过了花期,一朵朵玲珑的梅花凋零,瑟瑟地挂在梅枝上。早春的清风拂过,一片花瓣雨从树上飘落,散发出浅浅的余香。这条小路,因为氤氲着梅香,走起来特别愉快,不一会儿就来到了我家的林区。说是"林区",其实就是"退耕还林"政策下诞生的一片人造树林。

这片树林,多为桤木树。桤木树还有其他别名:水冬瓜、水漆树、水青冈……好像它的名字大多带"水",这是一种临水而居的树。可见,它在这样干旱贫瘠的黄土坡地上,能够安家,并长成大树,需要花费我们多少心血。

记得,刚种下这些桤木树苗的时候,我们兄妹几个都是小学生,每天除了上学,就是给树苗浇水。那片地离水源很远,我们带着空桶去抬水,一趟趟地往返,直到把那么多树苗的根浇透。那时候,我们种下的梦想就是这些桤木早日长成参天大树,好砍下来烧。

殊不知砍柴也是一件重体力活,首先得有把斧头或者弯刀,都要锋利,我们力气不够,用起那些工具也总是砍不断一棵枯树,只能拾些枯枝。

这些枯枝是春天时,父亲修剪树木剔下的,它们散落在大树下的荆棘丛中,安静地沐浴过春天的阳光、夏天的风雨、秋天的微霜,在冬天,是一定要站在我们背篓里回家去的。因为用柴禾烧出的饭菜特别香,用来烤火也暖和。

我试图拖出木柴的时候,它们早与旁边的荆棘纠缠不休。荆棘大多为黄孢,繁殖力很强,四季常绿,藤条上长着细密的刺。黄孢会结果实,每年三四月成熟,果实澄黄、香甜,这段时间正盛开着一簇簇白花。拉出散落其间的枯枝,黄孢也是轻松的吧,它可以肆意结果,快乐地成熟,只是密密麻麻的刺扎得我满手带伤,细密而又让人惊恐。

不一会儿,枯枝已堆成一堆。我把它们折成等长的段,密实地挤在背篓里。背着往回走的时候,才知道走下坡不是容易的事情,腿软打战,让我想起过往那些异常美好的拾柴的岁月。

小时候拾柴,是在雅砻江边。雅砻江又叫小金沙江,它从这里流过,那时不知道它终究也是汇入金沙江的。我们的村子可能只是被它冲刷而成的峡谷,河湾没有旖旎的风光,没有神秘的面纱,它弯弯曲曲如飘带向远方奔流而去,一座座大山,挡住它的远方,也挡住我的目光,那时想得最多的便是这条江的归宿。

夏天,河水猛涨。河面漂来许多浮木,黑压压的一大片,向前流动,甚是壮观。那个季节,只等大浪将一些木头送到沙滩上,自然风干。

放了寒假,草木虽然枯黄,但是雅砻江边的这个小山村仿佛都没有冬天,天高气爽,是拾柴的好季节。我们在河边的沙滩或者乱石堆中捡拾搁浅的木头,有时候运气好,还能拾到柏香或者肥亮的松光。

拾满背篓往家走,坚韧的背篓麻绳深深勒进我们的肩膀,走了一段路,肩膀开始疼,针扎一样,疼得受不了了,就把手伸进绳里,可时间长了,手也会疼,会麻。我们会找块稍高且平的小台,坐下缓一缓。

等回到家,卸下柴火,我们长出一口气,肩膀被勒出两道深深的沟痕，又红又紫，往往需要好几天才能消退。虽然辛苦，但一个寒假成效显著，那些柴禾也能用上好久。

那段拾柴岁月，虽然辛苦，但更多的是劳动的快乐，我们走进大自然，接触了雅砻江，听到了它哗哗流淌的声音，想象着"轻舟已过万重山"的诗意，感受到了河流给予人们的无私奉献。

人生如柴，经历过岁月的刀刃、河底的逆流，记忆沉淀，终会被捡拾。

守望拉姑萨

说到拉姑萨,你容易想到意大利西西里岛东南部的巴洛克风格小镇拉古萨。其实,与拉古萨一字之差的拉姑萨地处雅砻江拐角处,是凉山州冕宁县东南部和爱藏族乡的一个小村庄。

经九江公路,沿雅砻江逆流而上,在拉姑萨沟口下车。三十年了,那棵黄桷树还在。它依然枝繁叶茂,高耸入云,树形巨大如伞,树体庞大了许多,默默地屹立在雅砻江边。看着这棵牵挂多年的黄桷树,我不断地在心底呼唤着这位让人难以忘怀的"老朋友"。

三十年前,通往拉姑萨的雅砻江上没有桥梁,小船是这条江上的重要交通工具,这棵黄桷树下就是渡口。一条木船,又长又扁,船上拴着一根大绳,船老大划着木桨,载着回娘家的女人、赶牲灵的农人、进县城的人们往返于雅砻江两岸。你要过江,只要站在这棵黄桷树下大声吆喝,那条小船就会向你驶来,这棵黄桷树,就是雅砻江上一个天然的"灯塔"。

过了江,沿着崎岖的山路向上,在接近山顶的地方,拉姑萨村安然静躺在连绵起伏的群山之间,四周植被丰富,在青杠和松树斑驳的光影里,村落的房子若隐若现。那时候,拉姑萨居住着里汝藏族,与彝族和少数汉族杂居。

我们是里汝藏族,我的族人们世代在这片土地上繁衍生息。

每当布谷鸟叫的时候,村里的男人们从圈里牵出耕牛,妇人们的颈项上套着装满牛羊粪的大撮箕,还有的在腰间系着盛满玉米和土豆种子的小竹兜，上工了。孩子们跟在大人后面，抓起泥巴，你往我的头上撒一把，我往你的衣服里放一捧，等前面的大人发现的时候，灰头土脸的我们只留着两个眼珠在骨碌碌转。在那个没有玩具的年代，孩子们淘气的天性无法排解，可能玩泥巴就是我们最大的快乐吧。

这时，我爸手里拿着的桑树枝条，猛地往耕牛的屁股上甩去，再伴着一声吆喝，耕牛拉着犁头飞奔出去，留下一条深深的沟壑。犁出的黄土地，泥瓣光滑地翻出来，不成瓣的泥土就扬起一阵烟尘。

秋天，金黄色的玉米沉甸甸地挂在秆上，村里的人们会轮流帮忙掰玉米，收回的玉米棒子在火塘旁边的楼板上堆成一堆。晚上，全村的男女老少都来了，他们撕开玉米的外壳，剥出金灿灿的玉米棒，背到竹楼上均匀摊开。

干完活，已是深夜，劳累一天的人们，端着酒杯，面向熊熊燃烧的火塘，即兴而歌。兴之所至，他们围着火塘，跳起锅庄。原生态的歌声在房中回荡，舞步激烈的踢踏声、木质地板的砰砰声和火塘里噼里啪啦的柴禾燃烧声交织在一起，火塘边就变成了古朴粗犷的歌舞厅。拉姑萨的秋天是令人快乐的季节。

冬天，松树上掉下的松针在地上积了厚厚一层，人踩上去，一不小心就会滑倒，母亲常常是用藤条编织的镂空大背篼，走进屋后的那片"松泡林"捡松针。每次她捡松针，都用一个铁笊篱，将松针钩到一起，堆成一大堆，再装进大背篼背回来。没几天，我家所有的圈舍都被垫得干燥松软，没垫完的就在屋后堆成圆圆的一垛。

吃过晚饭，我们几个孩子，总是光着脚爬上草垛，再从顶端一个接一个地滑下去。来回几趟，这个松针垒起的草垛就被我们糟蹋得垮了下去，四散零落的松针被我们踢来踢去。阿妈见这情景，就从院坝旁边的那棵野桑树上，折下一根枝条，高高地举着向我们追来。孩子们见大事不妙，一哄而散。拉姑萨的冬天，总是夹杂着孩童从山风里传来的笑声。

六岁那年，我们举家迁出了拉姑萨，故乡的形象定格在三十年前。时隔多年，拉姑萨作为一个符号，已经植入我的生命，随时光之流的淘洗，愈渐清晰。

最是那碗土酒香

我的家在甘孜藏族自治州境内的雅砻江边。在海拔一千八百米的峡谷内，人们依江而居，依山而栖，世代沿着雅砻江边迁徙、繁衍，生生不息。这里空气湿润，四季如春。一年两季农作物在田地里自由生长，又惬意地成熟。冬大麦在三月的田间地头密集而整齐，挺着沉甸甸的胸口，金黄修长的麦芒昭示着丰收的喜悦。趁着还没降下绵绵春雨，父母就下地收割回来，晾晒，归仓。十月的玉米，圆润饱满，从秸秆上掰下，一背篼一背篼地背回，撕开外壳，在院坝里晾晒，远远望去，一片金黄。等一年的庄稼都收拾好，冬天就一步步近了。农村的冬天相对要闲一些，这时候，父亲琢磨着该酿酒了。

天刚蒙蒙亮，父亲就起床，将早已筛好的玉米粒倒入大铁锅，加入没过玉米粒一厘米的清水，在土灶里燃起大火，过了一会儿，玉米粒还没有开裂，但父亲说已经煮熟了，这时候，一阵玉米的甜香弥漫开来。父亲煮玉米粒的火候，总是拿捏熟练。

父亲把土灶里的火灭尽，将铁锅里的玉米粒一盆盆舀出来，我们兄妹几个就帮忙把这些煮熟的玉米粒端去倒到早已铺在院坝的竹席上。父亲站在竹席边，用一个木头扎制的"九齿钉耙"在玉米堆里来回拉出一条条横着竖着的直线，父亲的脸总是氤氲在玉米粒里冒出的淡淡热气中，仿佛流出微微的细汗。

当煮熟的玉米粒晾至三十度左右，父亲就将备好的酒曲撒在上面，并均匀搅拌。听父亲说，这酒曲和玉米粒的配比必须恰当，酒曲少了，不能发酵，这一堆粮食就白费了；酒曲多了，酒是苦的，这缸酒的口感就差了。说话间，他已将酒曲和玉米粒拌和好，我们又帮忙把这些玉米一盆盆倒到一个木头制成的大甑子里，盖上盖子。经过三十六至四十八小时的发酵，再一次将发酵好的玉米粒倒到一个白色的塑料袋里，密封袋口，放在暖和的厨房墙角边，继续发酵七至十天。在这段时间里，这个白色的塑料袋好像鼓的气越来越多，塑料袋越来越圆，还经常听见"哗哗"的如流水般的声音。

打开密封的塑料袋，彻底发酵后的玉米粒散发出酒香。父亲早已在铁锅里掺好了清水，安上了"倒甑"（大木头甑子），他把这些玉米粒倒入"倒甑"，安好木头酒槽，在"倒甑"上架好"天锅"（一口干净的大铁锅），在"天锅"里放上一锅清水。一切准备就绪，土灶里又燃起大火。当"天锅"里的水微热的时候，从酒槽里流出的酒一滴滴溅到下面的酒坛里。随着"天锅"里的水越来越热，酒坛里滴滴答答的声音也越来越响。

第二锅水换好的时候，父亲找来一个干净的小碗，从坛子里舀出一碗来，我看到那清澈纯净的液体，闻到那浓郁酒香。父亲嘴里念念有词，用中指在碗里蘸了酒，跟拇指一起往三个方向掸了掸，这样的虔诚也许是对吸纳天地精华的粮食的深深敬畏。

这一缸纯玉米酒酿好了，父亲用玉米酒糟拌和煮熟的大麦，又用相同的方法酿了一坛大麦酒。玉米酒浓烈，大麦酒甘甜。酿酒，水也很关键。前些天，父亲来电话说，他在朋友家的梨园里发现了一股地下水，那水从梨树根流出，在斑驳的梨园院墙外滋润着一大片鱼腥草。鱼腥草长势正旺，绿得透亮，梨花也一大片一大片开得洁白，父亲已将这股清冽的梨树根水引到家里，以后的酒，一定更清新甜美了。

父亲早已将家里最阴暗的那间地下室做了他的酒窖，里面摆着七八个大土坛，每酿满一坛酒，他就会用大麦秸秆烧成灰和黄泥巴搅拌密封好坛口，再缝好一个大沙袋压在上面。他说，封几年口感更好。可是，有远方的亲朋好友来了，他不顾封好的酒坛，一把拆开，准是让大家喝够。

每年三月，雅砻江边的田垄上桑葚紫红，父亲总是挎着竹篮摘了来，

最是那碗土酒香

在一个大玻璃瓶里倒入他酿的土酒,再洗好桑葚泡在酒里。四月,樱桃红了,父亲也去摘了来,依然在大玻璃瓶里倒满土酒,照例是洗好樱桃放入酒里泡上。六月,山间的梅子黄了,父亲去摘回来,在玻璃瓶里倒上土酒,再放些冰糖,又为我泡上一大瓶梅子酒。

冬夜,一家人围坐在火塘边,父亲往小锅里放上一块酥油、两勺蜂蜜,在通红的火炭上熬化,又端来他酿的土酒倒在锅里煮开。这可解乏,可驱寒的酥油酒就煮好了,一家人不分老少,一人一碗。

岁月积淀,那浓烈的玉米酒、甘甜的大麦酒,浓郁的酒香从酒坛里钻出;人情冷暖,紫红的桑葚酒、浅红的樱桃酒、淡绿的青梅酒一直伴随我多年。父亲,终将在浓浓的酒香里老去;父爱,却是弥漫在生命里带不走的那碗土酒香。

南山下，以草木为邻

陶潜有诗曰："采菊东篱下，悠然见南山。"（《饮酒·其五》）五柳先生脱弃轩冕，超脱归隐于南山，喝酒，读书，写诗，种地，那里的南山，适合采菊观日，笑傲风月。

在西昌，也静卧着一座南山。这里适合听鸟鸣，闻花香，感受"万紫千红花不谢，冬暖夏凉四时春"。

一条绿道沿着海河边，在南山下逶迤伸展，道路两旁，有大片花草，无论是清晨的鸟鸣啁啾里，还是白天的烈日炎炎下，或者在夜晚的皓月当空中，这条绿道吸引着裙袂飘飘的女子、玩空竹的老人……

在南山，我回到草木深处。

黄秋英开得热烈而野性，在八月西昌的骄阳下芬芳四溢。乍然听到它的名字，多像一位朴实的邻家大姐，它用浓郁的橙黄，涂抹着南山的盛夏。

草丛中，偶尔探出一株桔梗花。它如一个紫色的精灵，花姿高雅宁静，清心爽目，给人以宁静、幽雅、淡泊、舒适的享受。难怪有人说桔梗是花中处士，不慕繁华。

小时候我跟蓖麻是最亲密的伙伴。在老家任何一片土地上，总能看到它的影子。虽然它长得高大粗壮，但在人们眼里，它是算不上树的。在我们小孩子的世界，它能给我们带来极大的快乐。在树下玩游戏、捉迷藏，甚至爬上树去采下它的果子，那浑身长满软刺的家伙，一度成为男生用来

恶作剧的工具。每次课后，女生们总是能气急败坏地从马尾辫上摘下几个蓖麻果。以至于时隔几十年，对小学语文课本上的儿歌"春风吹，春风吹，吹绿了柳树，吹红了桃花，吹来了燕子，吹醒了青蛙。春风吹，春风吹，春风微微地吹，小雨轻轻地下，大家快来种蓖麻，大家快来种葵花"，依然记忆犹新。那儿歌里遥远的蓖麻，映入眼前，它如今就长在南山下的绿道边，棕褐色的茎秆儿依然油光发亮，翠绿色的叶子依然犹如张开的手掌，枝头依然结满了一串串带着软刺的果实。我忘了它成熟后种子的样子，但我仿佛又清晰地记得，它的种子就如漂亮的小雨花石。

从海河畔拂来的凉风，轻轻撩拨着毛茸茸的狼尾草，动感的韵律轻柔又独特。

长得酷似麦冬的沿阶草一大片全开出了一束束紫花，它托着掉落下来的三角梅的花瓣，它们相处得娴静而美好。

有情致的人们总会在清晨来这里走走，走累了就在路边的木制长椅上坐坐，听听海河水流动的声音，等到太阳升起，在南山上洒下光辉，蝉叫了，鸣声并不聒噪，此时更能感受到"高蝉多远韵，茂树有余音"（朱熹《南安道中》）的韵味。

南山草木染，我以此为邻。

氤氲的豆皮香

傍晚下班回家，穿过一条街，路过几家杂货店。饥肠辘辘中，一股浓郁的豆皮炖腊肉的香味毫无预兆地钻进鼻孔。这股浓浓的香味，让我忍不住多呼吸几口，记忆如闸门打开，那股故乡的豆皮香瞬间直沁心脾。

说起豆角，可能很多人都以为是豌豆。但是我老家因为海拔、气候的诸多因素，不出产豌豆。老家只出产黄姜豆和四季豆。连母亲都弄不清这些豆类名字的由来，只知道到什么季节种什么豆。可能这就是一方水土养一方人吧。

黄姜豆的植株矮小，没有藤蔓，不用攀附于其他高大的植物上，它在一片开阔地里成片生长得最惬意了。开花的时候，花朵洁白，就像顶了一丛丛雪，没有一种颜色，比这样的白更广阔浩荡。后来，黄姜豆成熟了，豆角如它的植株，小巧玲珑的，剥开后的豆粒是明艳的黄。这种豆角煮着吃，没有筋的彼此缠绕，也是晒豆皮的好原料。

四季豆也是普通的植物。在老家，四季豆种子跟玉米种子合种在一起，等玉米苗长出来，并日益茁壮，豆苗便从舒展开来的绿叶旁边，牵出细细的藤蔓，一点点爬上玉米苗的身躯。

七八月的风雨都足够热烈。爬在玉米秆上的四季豆苗长得疯狂。叶子又肥又绿，藤蔓上缀满白色、紫色的小花。以至于后来我教到一篇课文《丁香结》，在课堂上给学生描绘那白色的、紫色的丁香花散发出的幽雅甜香时，思绪就回到了老家的那几亩土地里。不知道四季豆是否也开出了如

星星般的白色、紫色小花，在母亲进入地头时，是否也能闻到一丝甜香。

花萎后，四季豆的藤蔓上结满一串串麻雀爪般的小豆荚。刚长出里面的小豆子，母亲就摘回来，我们坐在屋檐下择豆角，用拇指和食指，捏住豆角顶端的尖尖角儿，借势撕去它边缘的筋，再扔在篮子里。折过的豆角，微微渗出汁液，散出一股微微的豆腥气。择好的豆角，放在阳光下暴晒。

有一次，一堆嫩豆荚摊在簸箕里，慵懒地享受阳光的倾泻，冷不丁一阵滚雷后，大颗大颗的雨滴就坠落在豆荚上。即使母亲飞快地跑过去，那些晒得半干的豆荚还是淋了雨。母亲惋惜地倒掉这一簸箕豆荚，我疑惑不解地问她，为何倒掉，多可惜。母亲说淋过雨的豆荚晒干后，无论你怎么煮都煮不熟，留着没用占地方。那时，我才知道，平时吃的豆皮是没淋过雨的，吃起来软软烂烂，入口即化。

后来，母亲又重新摘豆荚来晒。这一次，选的天气好，有我们守在旁边经常翻动，豆皮干得快，再也没淋过雨，豆角的清香就长久地被封存起来。

一整个冬天，每次煮腊肉，母亲就拿一捧豆皮过冷水，冲淋一遍丢进锅里，跟腊肉一起文火慢炖。豆角吸收了腊肉的油脂和香味，嚼起来别提有多香了。

有些味道只属于过去，我们却在执拗地还原珍存那些留在味蕾深处的记忆。

屋檐下的春天

（一）

冬天不怕冷，只要阳光充足，山桃就能在高原的蓝天下摇曳出一树繁花，它是坚韧的树种。我看见的这棵山桃不在山上，在一户人家的屋檐下。这是二月的最后一天，凭着先人一步的花期，山桃拉开了道孚春天的序幕。

刘禹锡有诗云："山桃红花满上头，蜀江春水拍山流。"（《竹枝词·山桃红花满上头》）诗人看见的山桃许是穿了粉色的衣服，才有"红花满山头"一说。我看见的这树山桃花却是白色的，难道是因为高原的寒冷让它失去了颜色？

还未等到三月的春风，山桃花就像早有预谋，从小小的花蕾里吐出蕊，展开花瓣，一朵朵洁白得如素洁的女子。

"桃之夭夭，灼灼其华"，因为《诗经》的描写，让"桃"成了最美的意象。无论是山桃还是其他的桃，只要是"桃"，我对它都充满着深深的感激。

（二）

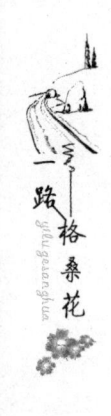

初识桃，是在雅砻江畔的高山上。

那里海拔偏高，作物生长周期很长。

春天开花的果树只有桃树。

每年二三月，总是让最美的事物散发生机。

粉红的桃花泛滥在家家户户的屋檐下，有一种春天的气息一直升腾。

秋天，桃子成熟。它努着红扑扑的嘴巴，配上一身小茸毛，可别被它的可爱样欺骗了，吃进嘴里才知道，那是一种酸桃，果实奇酸。

这种桃，被母亲采摘回来，取出里面的桃仁，清洗干净，滤干水分，放进土陶坛子里，撒上适量食盐，掺入少许凉白开，自然发酵。

不久，那金黄的透明液体便成了桃醋。

吃面、拌菜，洒上一些，那独特的风味，至今忆起，依然满口生津。

（三）

长大些后看见的桃，依然种在雅砻江畔，海拔陡然下降了不少。

那时看电视剧《射雕英雄传》，迷上了桃花岛黄药师的宝贝女儿黄蓉。幻想如果自己生活在那片桃花岛上，是不是自己就变得如黄蓉般绝顶聪明、古灵精怪。正好父亲在我家的屋檐下种了一片桃树，全都嫁接成了水蜜桃。

每到春天，我家屋檐下被粉色环绕。春风调皮，风过落花，一阵阵花瓣雨从身上飘过，感觉自己真的进了桃花岛。

秋天，果子成熟。桃子被母亲拿到市面上出售，因为又大又脆又甜，好的卖相为我们兄妹几个换取了一些书学费。

（四）

后来参加工作，来到道孚的扎坝，再次看到的桃，也是山桃。每到三月，不分山野、屋檐，开得到处都是。

一场大病后返校，几个月不见的孩子们，用空饮料瓶作花瓶，插上一大瓶山桃花，放在讲桌上，用稚嫩的声音说："老师，这是我们送病人的鲜花……"

那时，才知道，如花的纯朴如山桃，每年三月都会在我的心里开放。

你看，花都开好了。春天，会从屋檐下漫进山野，直达你我的内心。

新 衣

在不常用的小书架内层，躺着一本老旧的影集，有张照片已经微微泛黄，那是我读小学四年级时的班级春游照片。我身上穿着一件碎花白衬衫，安静地站在人群里。

照相那天，应该是三月。印象里，每到三月，班级都会组织春游，大家的吃食简单，每人拿一块腊肉、半碗大米，从地里拔出一根莴笋，抬着铁锅，拿着茶壶，带头的班长举着队旗，大家跟在后面。我们寻一块四周长满绿叶的树、附近有淙淙流动的小溪的稍微平整的草坪，就安营扎寨了。

同学们有的忙着烧火，有的洗菜、切菜，有的洗锅煮饭，说说笑笑好不快乐。我们要好的几个小伙伴总会找一棵桐树，坐在石块上讨论那天穿着的新衬衫。

那天，我的衬衫是母亲特意扯了几尺花布在缝纫机上自己缝制的。

母亲很忙，白天会在地里劳作，下雨天才坐在缝纫机旁为我们缝缝补补。雨滴落在青石板铺成的屋顶，又成串地滚落在屋檐下，砸出一个个小小的水坑，雨声和母亲踩踏出来的缝纫机声音交织，许是最美的声音了。随着母亲年纪一天天大起来，看不清针孔，穿不上线，终是很少听见缝纫机的哒哒声了。

记忆里穿过的新衣大多是母亲亲手缝制。小时候穿新衣一般只有两个节点，过新年或者是六一儿童节，平时几乎没有穿新衣的机会。

大姨在县城工作，每到春节回家，总会为我们带来一套新衣服。大年三十晚上洗完脚，各自把新衣服抱到枕头边放着。一次次摩挲着新衣，久睡不着，久等天也不亮。当远处陆续传来鞭炮声，睁开眼睛，看见熹微的晨光透过窗子的小孔射进来一丝丝光亮，便起床穿上新衣，到处晃荡。

　　六一儿童节前，母亲为我缝好了荷叶边翻领白衬衫，还有两条领带，可以扎成漂亮的蝴蝶结。

　　儿童节那天，起大早换上白衬衫，早早来到学校。同学们都穿上了白衬衫、黑裤子、白胶鞋，在庆祝活动开始之前，大家在操场上你追我赶。晚上下过雨的操场，还残留着小水坑，它在孩子们脚下溅起小小的水花，不一会儿，鞋子也打湿了，但那种快乐会绵延一天，久久不肯散去。

　　母亲是远近有名的巧手，做衣服、布鞋不在话下。现在想来，能穿上DIY（自制）的衣服是多么幸福。

这个世界总有人在偷偷爱着你

见温暖，见善意，这个世界总有人在偷偷爱着你。

——题记

从康定回道孚。

午后从康定城出发，雪只是三两片地飘着，落到地上就化了，我还想，这雪怎么下得小气巴巴的，那些"千山鸟飞绝，万径人踪灭"（柳宗元《江雪》）的雪景，我都很久没见到了，不免心生遗憾。

我们驱车沿着弯曲的盘山公路在折多山上疾行，想趁着大雪未到前赶紧翻过海拔四千多米的折多山顶。开始还算顺利，虽然车辆川流不息，却井然有序。

越往上，雪下得越大，开始还纷纷扬扬，不久就铺天盖地。曾经以为雪花一片片飘落，如轻盈的仙子降临人间，亭亭玉立。那刻，我才看见那么厚重的雪片砸在挡风玻璃上，任凭雨刮器如何艰难地努力，依然刮不动，不一会儿，就在车头堆叠起五厘米的积雪。我透过侧窗的缝隙注意到这座山，这条路已经完全改变了容颜。眼前的一切全成了银白色，恍惚间，高山深谷被雪铺得异常平展。

大雪还在肆无忌惮地下着，车已行至半山。

这一路，很多车辆在路边停下安装防滑链，对面的车过来也在路边停下做相同的事情。不一会儿，密密麻麻的车辆堵住了去路和归途，大家你不让我，我不让你，有些想让一下，也在雪地上不听使唤，滑进深沟边去了，再不敢动弹。

道路终是被堵死，我们也被迫挨挤在路边，不能上下。我打开车门出去，外面寒风裹着大雪，站立不到一分钟，头上、身上便落了厚厚的一层，手脚僵冷。

这时，下山的车辆歪歪斜斜地经过我们旁边，好像在雪地上玩着漂移，眼看就要旋转侧翻。忽地，几个穿迷彩服的军人从一辆川T牌照的车上跳下来，一下子将手伸进车窗，协助从那车里跳下来的人，用力拖住车，并平稳地护送经过了一段路程。

雪下得更大了，公路上腾起一阵阵白雾，那几名身着迷彩服的人，已经被雪花包围，只依稀能看见轮廓。

无论寒风多刺骨，无论雪下多大，危难中伸出的手，便是最美好的善意。

这雪中最美的善意，将我的思绪拉回了二十二年前。

那年，我中学毕业，考入康定民族师范学校。

九月初，正值开学季。

从老家出发，辗转来到县城。

得知县城到康定的路，已经在七八月的雨季中多处冲毁，损毁严重的路段，连路基都没有了。客车早已停运。

眼看开学报到的日子临近，再也不能多等一天。父亲和我带着行李，在九月初淅沥的秋雨中出发了。

我们先坐了一段车，直到那车的轮子陷入泥坑，再也爬不出来，司机无可奈何地告诉我们他不能再往前走了。

随后我们只能步行，那段路，土坡松动，偶有滚石，都是父亲一边观察地形，一边让我快速经过，随后他再跑步过来。

当走得精疲力尽的时候，我们终于遇到一辆车，他收了平时三倍以上的价钱后，答应将我们送到康定。

一路走走停停，天快黑的时候，我们终于到了营官。可惜，那车已经彻底坏了。它如一个拉了很久破车的老牛，在艰难的喘气中咽下最后一口

气，油尽灯枯。

营官在折多山下，当年，这里前不着村后不着店，一片荒凉。天幕渐渐暗淡，秋雨落在收割过的青稞和豌豆苗的茬上，发出巨大的声响。

我们衣衫单薄，在接近冬意的寒气里瑟瑟发抖。

天越来越黑，雨越下越大，寒意越来越深，饥饿感越来越浓。眼看着从康北康南去往康定的车子亮着车灯从我们眼前一辆辆疾驶而过，我们举着搭车的手早已在半空中僵直。

接近绝望的时候，突然，一辆卡车一个急刹，在我们面前戛然停下，从车里跳下来两个穿军装的人。他们把我们的行李丢入车厢，让我们也坐在车厢里，一直将我们载到康定，在交通招待所的门口停了下来。原来，他们还给我们找好了住处。

当他们放下我们，在凌晨一点的深夜，消失在康定的街头，我才知道，他们是军人，刚才我们坐的是军用卡车。

虽然这个世界很忙碌，每个人都自顾不暇，但总有一些爱和善意，穿过兵荒马乱遇到你，让你在冰冷的世界，感到无比的温暖。

见温暖，见善意，那些生活中最温暖的小事一直在提醒着，这个世界，总有人在偷偷爱着你。

书香做伴

小时候，我经常热切地做着一个梦——开一家小书店，一眼望去，满眼是书。

那时上小学，学校没有图书室，可能那个年代物资匮乏，人们更多地去追求温饱，对精神上的需求也不多，一个区（大河边区政府所在地）连一个旧书摊也没有。就算有书摊，因为家贫，也买不起书。我对书的渴望，就像一个在饥寒交迫中的人渴望一捧炉火，或者一碗热粥那样。

每天放学，我穿过半条街再绕路回到家里。渴望穿过街头，不是为了路边香甜的棒棒糖、棉花糖、凉凉的冰棍……而是为了路过农村信用社，因为，每天他们会清理垃圾，将旧书废报扔进门口的大垃圾桶。

垃圾桶里的旧书多是《半月谈》，还有一些报纸。有一天，我翻过这些平常的旧书，一本旧杂志赫然夹在中间，它异常破旧，连封面也没有，依稀能看见《今古传奇》的字样。我如获至宝，迫不及待地坐在信用社门口长满青苔的过道上，读了起来，直到肚子饿得咕咕叫，才蓦然惊觉，匆匆赶回家去。

母亲还在地里干活，我将马厩里的那匹黄色的小马驹牵到一条小水沟边吃草。每天我放学后的任务就是牵着它，喂饱它。到了沟边，我一手牵着缰绳，一手拿着那本杂志，让马儿悠然吃草，我则蹲在旁边，津津有味地读了起来。

还记得那本杂志连载着张恨水的章回体小说《北雁南飞》。我看到李

小秋随部队即将开拔,而姚春华却在跑来送别他的路上……那路那么长,直到李小秋告别的双手隐没在茫茫的江边……

"还看!马儿嘴边的草都吃光了,都不知道给马换一个地方?"母亲扛着锄头出现在我面前。

那本杂志我没有看到连载的结尾,遗憾了很久。后来一有机会,我就找到《北雁南飞》,一口气读完。少女姚春华与少男李小秋的爱情悲剧让我唏嘘不已。现在想来,那真挚的感情、细腻的笔法、令人掩卷叹息的情节,以及三湖镇民风、民情、民俗的生动,在我的心里悄悄埋下了江南的唯美种子,以至于后来读到描写江南的古诗词,总要想起《北雁南飞》,以至于旅行的目的地,永远在心中藏着一个叫"三湖"的晚清江南小镇。

接下来的日子,我还在农村信用社的垃圾桶里翻出了很多本《故事会》。放学写完作业,我就躲在房间里读,母亲喊吃饭,我心不在焉地坐在桌边,胡乱扒拉几口,又回到房间继续读,直到暮色四合。

山村的夜,无边无际,偶尔在空旷中传来几声狗吠。《故事会》也安静地躺在我怀里,让我心怀欢喜,沉沉睡去。早晨醒来,怀里的书还散发着温热而亲切的气息。

得知村子里有个小伙伴家有书,偶然发现的"新大陆"让我抑制不住激动。小伙伴的父亲,我叫"汪幺伯",得知我的来意,他慷慨地从怀里掏出钥匙,郑重其事地打开一口大红色的油漆木箱,一本本厚厚的书整齐地躺在箱子里。

我选了《水浒传》,征得同意后,我带回家来看。后来,陆续看完了汪幺伯箱子里的书。

上了师范学校以后,我成了学校图书室和校门口租书店的常客。图书室每周五下午开放,管理员是我们班的生物老师。那是个和蔼可亲的中年女老师,每次上完生物课,我总是抢着帮忙拿仪器,就为了能在图书室多待一会儿。

为了节约每天五毛钱的租金,校门口租来的书,我都争取一天看完,厕所里看,晚上熄灯后躲在被窝里打着手电筒看……

工作后,分配在一所很偏远的小学。山脚下,鲜水河潺潺流过,学校四周，零星散落着几户人家，周围是重重叠叠的大山。乡政府跟学校隔着十千米。乡政府的干部听说我喜欢看书，每逢下村，顺道给我带几本杂志。那些杂志陪伴了我很多清冷的夜晚，在摇曳的烛光下，每一个字都熠熠生辉。因为反复翻看，书页破烂，甚至滴满了蜡油。

后来几年，丢下书本，胸无大志，一腔颓废。直到二〇一七年，重新捧起书来，读林清玄，读丁立梅，读雪小禅……才发现读书是世上第一等好事，是有利于身心健康的。每月，我都会规划出一部分工资买书，买得多的时候，一个月居然入手了十二本。

朋友圈里有很多文朋诗友。最激动的莫过于收到他们自己著作，并亲笔签名的书籍。

我记得收到第一本别人赠予的书，是我在青海在线文化传媒"青海读书"公众号写了一份《长津湖》荐书稿。那份荐书稿被采用，还获得了执行主编刘志强老师赠予的新书《以心灵的方式记录》。后来陆续收到军旅作家茂戈老师的诗集《西藏在上》、小说《雪葬》，西藏毛老师的《既已选择，何必纠结》，甘肃诗人陈老师的诗集《凿空》，甘孜日报社谢老师的诗集《转动的经筒》，广东作家（湖南籍）大海老师的小小说集《归来》（上下册）、长篇小说《觅》……虽然不是曾经那个火热的年代，一群激情燃烧、热爱文学的青年人，围坐在一个大炕上，一人阅读，大家屏息静气那样的情景，但是收到赠书，也是一件雅事，能认识那么多文朋诗友，又是读书的一大收获。

去年，县委宣传部将我的家庭提名为县级书香家庭，参与州级书香家庭的评选，最终被评上，获得了奖杯和一千五百元购书券。当我拿着购书券走进新华书店，那么多的新书仿佛同时散发出油墨的香气，工作人员热情地告诉我，没有自己喜欢的，可以列书单，他们专门去采购。收到新华书店取书通知那天，结账的时候，居然超过了一千五百元购书券的预算，心里却愉悦不已。拎着几大袋书，走在大街上，手里沉重，心里欢喜。

为了安放这么多新书，爱人专门为我定制了大书架。书架安放在大阳台靠窗的位置，白天光线明亮，夜晚盏灯足矣。众书各归其位，我也坐拥这一方天地。

有人说，每一本你没读过的书，都是新书。于是我还找到了一些线上二手书市，有事没事都去逛逛，淘一些喜欢的书籍。收到品相好的书自是不亦乐乎，品相不好的，就当自带沧桑感，欣然接受。

如今，我没有实现小时候开书店的梦想，但是随着新旧书籍的不断涌入，一眼望去，真的满眼是书。我相信，坚持读书，则会俗气日消，雅趣渐长，每一个有书香做伴的日子都空明，如濯，如洗。

生活中的镜头

生活是画，画面栩栩如生；生活是书，内容丰富多彩。

——题记

（一）

十二月，康定南郊，寒风肆虐。

阳光躲在云层里，挣扎到午后，才吝啬地漏下一点惨淡的光，我裹着黑色羽绒服，戴着厚厚的毛线帽、口罩，只露出一双眼睛，依然冻得瑟瑟发抖。

康中校侧门的墙根下，停放着一辆小吃车。小吃车的左边炸锅里热油翻滚，咕嘟嘟地冒着热气；右边餐盘里整齐地摆放着串好的土豆片、藕片、五花肉、排骨、鸡柳、鸡排……看起来异常新鲜。一个戴着眼镜的顾客早已经站在小吃车前，等待着老板给他从热油里捞出炸串。

我排在那个戴眼镜的顾客后面，抬头打量一番这个在天寒地冻中，依然出来做生意的男人。

三十八九岁的样子，黑发浓密，虽然戴着黑色的口罩，但可以看出眼神深邃、鼻梁高挺。他说话的口音像我的老家人，我们便攀谈起来。

他的两个男孩，大的读高中，小的读初中。

为了陪读，只得丢下家里的土地和房屋，到康定中学附近租房，经营

一辆小吃车。

原来，面对土地荒芜，背井离乡，这世上的父母大多"殚竭心力终为子"（慈禧《祝母寿诗》）。

串炸好了，小男孩熟练地帮我装进袋子。

我这才注意到，孩子一直陪着父亲，安静地帮忙。

下午，康定的天空飘起了雪花。

不知道，那对父子是否已经收摊，坐在暖暖的火炉旁。

（二）

高原的夜晚，冬天总要来得早一些。

晚上九点半左右，好多店铺已经打烊，毕竟道孚一月的夜晚，天寒地冻，呵气成冰。

我在街角唯一亮着灯的小店吃米粉。

这时，店铺的玻璃门一下被推开，一股冷气倒灌进来，我不禁打了个寒噤。

"我……快被……冻死了，老板……有火吗？"

一个身体即将蜷缩成一团的中年人裹着厚厚的藏袍出现在店里，被冻僵的脸在店铺昏黄的灯光下愈显苍白。

小吃店老板给他打开了小太阳取暖器。

"我骑摩托进县城的，这该死的天气，太冷了！"他一边说，一边将被冻僵的双手伸向火炉。

他被冻僵的骨节一时无法舒展，在火光中呈现出可怕的紫红色。

过了好一会儿，他才对老板说来碗炒饭。

"终于暖和点了。"他一边说，一边端起那碗炒饭狼吞虎咽起来。

我想他是从很远的乡下连夜赶来的吧，一定有迫不得已的急事，不然怎会顶着刺骨寒风，在漆黑的夜里颠簸几十里？

这世间，每个人都有不为人知的困境，成年人的生活里，从来没有"容易"二字。

（三）

四月，道孚的街头。

转角的移动通信营业店门前坐着一位年老的乞丐，旁边放着一件黑乎乎的棉袄。

午后的阳光特别温暖，他也眯着眼睛，昏昏欲睡。

"爷爷，来，你拿着这钱，等下你用来吃饭！"

我循着那脆生生的声音望去，只见她一手托着自己的箱子，腾出另一只手将钱递给了老年乞丐。

那是一个二十来岁的漂亮姑娘，身材高挑，眸子清澈，睫毛忽闪，白皙的皮肤透出微微的粉红，双唇如一瓣娇嫩的红玫瑰，她披着一头大波浪卷发，美得像一首抒情诗。

有些人，有美丽的外表，还有高贵的灵魂，那是一种长在骨子里的善良。

布满时光印记的银饰

从我记事起,我的族人便生活在大山深处的寨子里。他们崇尚银子,身上的每一件银饰都带着温润醇厚的光芒。

里汝藏族的姑娘们到了六七岁必须要穿耳洞。在没有耳洞枪的年月,穿耳洞这件大事被安排在结冰的冬天。有这门"手艺"的老人先取来冰块,将耳朵冻得麻木,然后生生用缝衣针扎穿过去,系上黑色棉线,再喷上一口散装白酒。过了几天,红肿消退,伴随姑娘一生的耳洞就穿好了。

这时,为了让耳洞不长拢,父母就会张罗着为女儿找银匠打一双小小的银圈,不仅美观,据说也为了防止过敏。再不行,只能截取一小节草秆,穿过去。

我的耳洞是在八岁那年穿的。所幸,我的耳洞是用耳洞枪打的。母亲给我打了一对银圈,还记得,那是她用自己的银饰给我改造的,后来,我就常年戴着,感觉已经跟自己融为一体,连睡觉都不取。多年后,辗转多个地方,我的那对银圈也不知所终。

原来,当年是母亲取下自己的一只耳环,给我打了那对银圈。

那是母亲陪嫁的耳环,又称耳牌子,是一块圆形的银质耳牌。耳牌中间的镂空为方形小孔;外圈均匀地分布着十个凸出的圆点,象征着万事圆满;内圈四周四只眼睛形状的镂空均匀分布,每一只"眼睛"上面呈弧形点缀着十个凸起的小圆点,连起来看酷似眼睫毛,两两相对,仿佛就是一张藏戏面具。

里汝藏族的头饰是银泡泡。十二颗圆形内里空心的银泡用棉花填充，均匀地钉在宽一厘米的大红色棉布上，成了最朴拙的头饰。发辫用三色毛线混合编织盘在头上，我们称为"达达线"，再将银泡泡像发夹一样戴在达达线下面，这便是里汝藏族姑娘最标准的头部打扮了。

"八仙"就是佛教中的八大佛。打制八个银质佛像时，便在四周留有小孔，便于穿针引线缝制在外褂的领子上。在里汝藏族人的心中，佛爱护众生、给予欢乐、怜悯众生、拔除苦难，每一尊小小的佛像在领子上开合，仿佛在隐约暗示着一场盛大的慈悲，一种对善良、温煦和美好的迎接。

藏戒也是必不可少的配饰。戒指造型很大，多为马鞍样式，戒面两头如马鞍般翘起的两端是祥云吉祥网的纹路，接着便是花草羊头纹，中间凸起的地方镶嵌着一颗通红的珊瑚。我的是母亲给的。我经常戴着它，因为它朴素厚重，有着天然本真的光泽，还带着无法复制的手工温度。

里汝藏族的银饰不够华丽，这多像他们世代居住的地方。村寨简陋，可是水井干净；小径无路，可是石阶齐整；屋宇狭窄，然而颜色缤纷。

这些银饰历经岁月沉淀，在时过境迁后，带着时光印记，像黑白片一样，产生了一种烟尘朦胧的美。

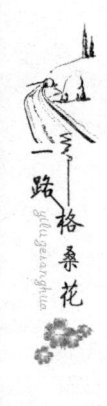

忆儿时端午

在故乡，端午被称为"端阳"。

端阳这天，据说是草木一年中药性最强的一天，遍地皆药。正如母亲所说，五月端阳，百草皆可入药。那天，母亲起得最早，她要趁着第一缕阳光洒向大地之前，将艾蒿和菖蒲采回来挂在大门上，再上山去挖草药。

挖回来的药草有蒲公英、苦苦菜、黄蜂、山芫荽……它们还带着清晨的露珠，从母亲的背篼里倒出来。我负责用清水把它们洗干净，入锅熬成一大锅药水，给全家洗药浴。

挖回来的药根有牛蒡子、南沙参、砂仁等。

牛蒡，又叫野蓟，记忆里它的生命力极其顽强，生长在老家的石堆、水沟边，盛开着深红且满身带刺的花朵，仿佛对这个世界充满敌意，但是牛蒡满身是宝，全株入药，尤其是它的根。

南沙参，在我老家被称为"泡参"，这是一味养阴清肺、益胃生津的草药，吃起来甘甜。

砂仁随处可见，好多人家都在地坎旁种有几株。砂仁的繁殖特别快，刚种下时只是几株，不久就会长出一大片来。砂仁开花也非常漂亮，它的花长成一长串，很繁盛。花朵大部分是朱红色，仅花蕾顶部还有一点紫红。砂仁的叶子大而绿，跟一长串朱红色的花搭配起来，煞是好看。

母亲把药根洗净，跟宰成小块的猪蹄一起微火慢炖两个小时。当一盆药香四溢、滚烫的药根炖猪蹄端上餐桌时，你会忍不住垂涎。那脂肪炖化后的猪皮软糯滑弹，一簇簇蹄筋变得香甜而柔软。当你用筷子夹起猪蹄放到嘴唇边一吸，皮啊肉啊一下子就进到嘴里，咬上一口，皮弹肉香，就连筋头都异常软糯。那种柔软嫩滑的滋味在舌尖缠绵的愉悦感现在忆起，仍垂涎欲滴。

我们小孩子只顾着大口吃肉，直到母亲将盛好的猪蹄汤端到我们面前，才发现那猪蹄汤汤色米白，喝一口，层次感丰富，让你无法抗拒。

端阳那天，我们还要吃包子。将肥嫩的野韭菜剁细跟腊肉丁拌和成馅儿。蒸熟后的包子还在筲箕里冒着热气，我们兄妹几个总是先拈起一个放进嘴里，一口咬下去，野韭菜的清香浓郁混合腊肉的四溢香气，新鲜松软。

端午节还兑雄黄酒。母亲将兑好的雄黄酒，喷洒在我们身上，洒在房子四周，洒在屋子的每一个角落，说能驱虫辟邪，寓意平安健康。

儿时，仿佛每一个节日都充满仪式感。

长大了，很多节日，好像都一个人度过。

今日又端午，所愿不多，在夏天的湿热、秽浊、蚊虫里，愿我爱的人、爱我的人都能好好保重，认真生活，远近相安。

忆儿时端午

灶 房

老家称厨房为"灶房"。推开灶房的门，只见，靠着小窗的地方砌有两孔土灶，上面放着两口又大又深的黑铁锅。里锅用来煮猪食，外锅用来炒菜、煮饭。

灶台的外沿呈弧形，石头上面抹的黄泥巴长时间被烟熏火燎，已经变成了黑黄色。

灶台上放着一把洗锅用的竹刷把。老家产竹，即使是在万物萧瑟的冬天，远远望去，家家户户或房前或屋后都有一丛青翠的竹子。

我家的那丛竹子，是外公种下的。如今已经成了竹林。我想起外公说过的话："人，就像种下的一棵瓜，怎么攀爬就是你的事了。"外公种下竹子没过几年就离世了，竹子如人，不断繁衍生息，如今，竹子已经长成了竹林。那些竹常在月光如水的恬淡宁静的夜晚，在微风的轻拂下窃窃私语。

我最喜欢看手艺人做活儿。将一根竹子锯成几节，每一节都剖成竹片，每一张竹片都平放在弯刀刃上，轻轻一捋，竹片就神奇地变成很多根细丝。将五六片成丝的竹片捆在一起，就变成了刷把。

灶台中间有一个方形的孔洞，用来放火柴或者打火机。灶台下面用片石垒成了灰槽，用来储存灶孔里多余的灶灰。

灶灰也是有用的，有一些年月，它代替洗衣粉，洒在庄稼身上还可以灭虫。或者在播种之前，洒到地里，挖开拌匀泥土，再撒下种子，可以防虫。

在灶上用柴禾烧饭特别香。先在铁锅里倒水，水开后，放入大米，一直要用锅铲搅动，防止米粒粘连，直到大米只剩一星点硬芯，便将大米连汤倒进一个铺了纱布的竹筲箕里，米汤都滤到了汤盆中。提起纱布的四角，将米转移到甑子里，盖上盖子，蒸二十多分钟，便熟了，满屋子米香弥漫。

小时候，嘴角老是长疮，每次蒸米饭，母亲总是掀开锅盖，将挂在锅盖上的水蒸水刮下来，敷在我的嘴角，说来也怪，嘴疮竟然在第二天便好起来。

灶台前老是堆放着五花八门的燃料。有扒去叶子的玉米秸秆，有扒去玉米粒的棒子，有干枯的玉米根，有捆绑好的麦子秸秆。

我最喜欢去剔玉米根。那是秋收后，用镰刀砍去玉米秸秆后留在土地里的根。当犁铧翻过的泥土盖上脚印，玉米根便粘连着泥土一起滚出来，被人们囫囵堆在一边。

冬小麦在初冬的寒风里摇曳出一片青绿，每天放学，我便带着弟弟妹妹背着背筐来到地头，将干透的玉米根用力抖掉泥土，背回来当作燃料。如果是周末的早晨，玉米根堆便覆上一层白色的微霜，每抖掉一次泥土，就将发僵的双手放在嘴边哈一口热气。

冬日的冷月在晨曦里隐去，太阳的脸从雁银坎的山尖冒出来，我们背着玉米根在袅袅炊烟里回家。

当灶房变成了真正意义上的厨房，砖砌的灶，瓷砖明亮，烟囱笔直，却很难看见炊烟——大多用电代替了燃料，玉米根深埋地下，在雨水的浸泡下腐烂。烟火味遥远了，我们像个在时光里迷路的孩子，再也找不到回去的小路。

灶房

穿透岁月的电影时光

小时候，每年有大半的时间，我都住在外婆家。

白天我是外公的小跟班。上山挖药材，我帮他拿着两寸长的锄头；放牛，我使出吃奶的劲从路边的柞叶树上扯下一根枝条，将走得慢吞吞的那头老黄牛的屁股抽得山响。

傍晚我是外婆丢不掉的尾巴。那时乡村晴朗的傍晚，有人在屋檐下纳凉，有人在院子里聊天，而我的外婆和小姨最喜欢去看坝坝电影。放映电影的地方在我们乡小学旁边的坝子里，不足一个足球场大小的场地，银幕就是一堵墙，大家在露天的小操场上或者带着凳子坐，或者干脆席地而坐，然后我和许多小孩子就在人群的缝隙中穿过去穿过来地疯跑打闹。兴许是玩得太累，每每电影还没放映完，我就睡着了。等电影散场，外婆和小姨轮换着将我背回家。这样的次数多了，每次她们去看电影前，意欲先将我哄睡着，然后"偷跑"。

那时候看露天电影，没有如今爆米花、饮品那样丰富的吃食。每逢外婆和小姨去看电影，她们总会提前在锅里炒一些葵花籽或者南瓜籽，炒货散发的香味从隔壁厨房的石头墙缝里袅袅飘来，灌进我的鼻孔。于是，我翻身下床，提前在她们去看电影的必经之路上等待。从此，看坝坝电影，我从未落下一次，即便每次到最后我都是睡熟在她们的怀抱里。

那时看的坝坝电影，是在我学龄前，好些电影，我连片名也记不住，但是记住了一部《毛泽东和他的儿子》。

小学毕业，去离家九十千米的县城上初中。平时住校，除了学习，只有周末有些许闲暇，做做作业、洗洗衣服也就过去了。即使有闲暇，哪个中学生的口袋里有闲钱舍得买一张电影票呢？县城的那座电影院，始终是可望而不可即的梦想。

有一次，学校组织学生看电影《红河谷》，那是我第一次坐在电影院里。后来又组织观看了《孔繁森》。

初中毕业，上了师范学校，学校又组织观看了《宝莲灯》。就在那几年，感受到了电影给我带来的最初的文化滋养和艺术震撼。

多年后，终于可以利用假期的任何时间坐在电影院了。影院门口散发香气的爆米花、飘荡着爽气的酸梅汁，以及看电影时超大银幕带来的视觉享受，都让我找到了花几十块钱看一场电影的意义。

这几年陆续看了《无问西东》《流浪地球》《八佰》《金刚川》《送你一朵小红花》……看电影，除了电影情节带来的心灵冲击，那些经典台词也一次次打动我。

比如《无问西东》里说："愿你在被打击时，记起你的珍贵，抵抗恶意；在迷茫时，坚信你的珍贵。爱你所爱，行你所行，听从你心，无问西东。"

比如《流浪地球》里说："最初，没有人在意这场灾难，这不过是一场山火，一次旱灾，一个物种的灭绝，一座城市的消失，直到这场灾难与每个人息息相关。"

比如《八佰》里说："待我成尘时，你将见我的微笑。"

....

一个个充满中文意境的句子一次次让我泪流满面。

无论是带着孩子一起去看，还是我一个人去看，都喜欢电影开始前突然熄灯，接着四周一片漆黑的场景。无边的寂静让你从世俗中突然抽身，投入影片中。有人说，在孤独的十个等级中，一个人看电影，被列为第四级，我愿意享受那种孤独。

如今，很多时光慢慢远去，那些瞬间如电影银幕上切换的画面，电影结束，各自怀着心事游走于银幕之外，回到各自的生活，扮演着各自的角色。人生如电影，电影如人生。电影于我，正如李安导演所说："电影不是把大家带到黑暗里，而是把大家带过黑暗，在黑暗里检验一遍，再回到阳光底下，你会明白该如何面对生活。"

住在花朵里的西昌

盛夏，西昌接连多日阳光灿烂，暑假的街头到处都是小孩。

喜欢逛步行街，这里有年迈的老人坐在街边，将透着嫩黄色花瓣的黄角兰慢悠悠地串在一起，摊放在竹筛里，任凭一股股清新浓郁的香味漫过几条街。

黄角兰，是一种大型花树，在我的老家也有种植，它的花朵好看，洁净，有仙气，像一群从天上飞来的小飞蛾，飞累了，就停在树上。

我上小学时，学校里好多老师家里的阳台上都放着一个喝完啤酒后的空塑料筐，里面种着一棵黄角兰。我的语文老师家住着自建房，在楼梯的拐角处刚好种着一棵高大的黄角兰。盛夏花开时，一直开到他家的二楼阳台。于是，他家的小女儿就用棉线串起几朵挂在胸口，她像一阵风从我们身边经过，留下香味飘在她身后。

黄角兰还可以驱蚊，那是后来才知道的。夏天的老家，蚊子肆虐，特别是炎热的夜晚，长脚蚊会一直在耳边嗡嗡叫个不停，第二天被蚊子咬过的地方又红又肿，又痛又痒，别提有多难受。有一次，母亲买了几朵黄角兰泡在白酒瓶里，然后密封保存，过了几天，白酒的颜色已经变成了深褐色，闻起来是白酒和黄角兰的混合香味，这时候便打开瓶子，用棉签蘸一些涂抹在被蚊虫叮咬过的地方，不久，症状便得以缓解。

卖花的妇女将装满花束的推车放在人流里，一朵朵向日葵背向阳光，却依旧灿烂；满天星微小谦逊的花朵，一下就能住进人的眼睛……

在西昌，蓝花楹开放的时候，满城紫色梦幻。蓝花楹的花开在高处，需要看花人用仰视的角度。西昌的很多街道都种上了蓝花楹，甚至我们小区里面的蓝花楹都长成了大树。每年四月，西昌被染成了浪漫的紫色。航天北路、一环路、建昌坊、滨河东路、灵鹰寺等多条街道上种植的蓝花楹竞相怒放，其中，以航天北路最为茂盛和壮观。可惜，那个时节我正在甘孜州上班，只能隔着手机屏幕从朋友圈里看看这座紫色的城。

那天，放暑假回来，从漫水湾到西昌高速路两侧，目之所及，全是蓝花楹，有几棵居然正在盛开，树冠上的紫色花朵在七月的阳光下成团成簇，从车窗外一闪而过，浪漫动人。

不是四月盛开的吗？这几棵蓝花楹也许在四月睡着，在七月苏醒。

在邛海，古老的荇菜从《诗经》里翩跹而来，点燃一倾碧波。荇菜在湖水里匍匐生长，别致小巧的叶片中间抽出纤长的花茎，顶着薄如蝉翼的鲜黄花朵。据说荇菜所居清水缭绕，污秽之地，荇菜无痕。可见，它是一种优良的水生植物。

荇菜也如向日葵，阳光下，张开花瓣，明媚灿烂，如果没有阳光，它们会合上花瓣，静如处子，多像一个从《诗经》时代里走来的小丫头，心念婉转。

荇菜，这《诗经》里的"第一植物"，这柔软雅致的生命在邛海里草意盎然，又诗意蔓生。

喜欢这样的西昌，一年四季栖息在春天，住在花朵里。

路　上

　　七月是高原最美的时节。草原上,花朵都用颜色和姿势尽情释放着自己的美丽。如果有阳光,天空蓝得纤尘不染;如果有阴雨,雨滴穿透云层打在空气里,充满甜脆的气息。许多人仿佛同时收到了一封来自高原的信,不约而同地各自从生活的地方驾车开始自己的高原之行。

　　我的暑假第一天,从道孚到康定。虽然下午两点半才从道孚出发,但是天气晴朗,阳光灿烂。我坐了一个靠窗的位子,顺便可以欣赏沿路七月的风景。我虽然在这条路上来回了无数次,但每次经过都有不同的风景和心绪。

　　有土地的地方,成片的油菜花金黄,在阳光下迎风摇曳;没有土地的地方,全是草场,牧草随着起伏的山峰蜿蜒,尽头是高高低低的树,云朵一动不动,呆呆地停在天空。

　　偶尔遇见草地上小小的"海子"。"海"是众水聚集的意思。在高原,人们喜欢把水聚集而成的湖泊称为"海子"。这小小的海子,就是因为夏季的雨水汇聚在低凹处,临时形成了一个圆圆的湖泊。碧草和鲜花围绕下的海子,没有浩大的壮阔,只有一眼望尽的温柔;没有澎湃的海浪,只有轻盈的波光;没有背流的岩礁,只有五彩的卵石,几尾土鱼子的鱼苗在清澈见底的水里游来游去……远处,一群大大小小的牦牛向着海子的方向慢悠悠地走来。

　　那年八月末,我第一次走过这条路。还记得,我已经无暇欣赏其他的风景,单就是公路两旁的野花,都让我目不暇接。这么多年来,我认识了很多高原的花草，二叶唇兰、草玉梅、点地梅、狼牙刺、藏波罗、牧马豆、川赤芍、西藏杓兰……每一朵花都有一个世界。

因折多山交通拥堵，到达康定已近晚上八点。瓢泼大雨下的康定，空气冷冽，但是依然遮挡不住这座小城的美。灯光在暮色中次第亮起，折多河依然奔流不息，咆哮向前。

旅游旺季的康定，热闹异常。即便在大雨中，依然有许多游客在大街上奔走寻找入住的酒店，我也成了其中一员。平时住过的酒店早已客满，只能在大雨中，一手拿伞，一手掏出手机，随意在网上定了酒店，接着在雨中打车，马不停蹄地赶过去。

这雨真大啊，到酒店门口下车的时候，才发现街边已经形成了一股股洪流，不远的几步路，我的鞋子已装满积水。前台是个可爱的藏族小姑娘，一双大眼睛异常灵动，温柔的话语让人如沐春风。办理好入住，再乘电梯找到我的房间，推开门放下行李，才发现房间宽敞干净，我换下湿透的衣服，钻进被窝，在窗外的雨声中，任时间缓缓流逝。

虽然住处与车站只有几步之遥，我也没像平常一样走进去买车票，顺便告诉售票员我晕车，能否定一个靠窗的位置。

小时候，我才是一把"晕车的好手"。十三岁那年，到离家九十千米的县城上学，印象中，那是我第二次到县城。车子起步，在土路上行驶，车尾冒出的灰尘从车窗里进入，扑得人满脸都是。转弯，上坡……不一会儿，我已开始冷汗淋漓，头重脚轻，接着吐了一路。那次是父亲送我去上学，我躺在父亲怀里，不敢睁眼，每次晕车一吐，父亲就说马上到县城了，再坚持一会儿。那时起，开学放假都会坐客车，于是选择窗边的位置已然成了一种习惯。

拿出手机打开了一个售票平台，买了一张第二天回西昌的车票。当我第二天早上取到票才知道是二号座位，心想，可能是靠着过道吧，一般一号才靠窗。第二天，检票，上车，看到车里赫然写着二号第一排靠窗。坐在这里可以缓解晕车，还可以欣赏沿路风景，说不出的意外。

生活不必期待，就像下午才从道孚出发，我依然见到了最美的风景；就像康定瓢泼大雨，我依然找到了满意的酒店；就像在网上一阵盲点，我依然买到了最好的客车位置……原来生活处处都在制造惊喜。

碗中月光

停电，手机电池也耗尽，不得已放下手机，远离了抖音、微信，在漆黑的房间，不点蜡烛，不拉窗帘，看着时间一点点过去，天已黑尽，万物俱寂。

我躺在床上，眼睛望着黑黢黢的窗外。有亮光隐约照进来，起初以为是太阳能路灯亮起来了，再仔细一看，原来是一弯月亮，正在努力地冲破云层，已经冲出来的大半，洒下一片光辉，正透过窗外护栏的缝隙钻进来。月光浅淡，在室内洒下一片清辉，这薄薄的月光里，适合怀念一些逝去的岁月，以及那些岁月里细碎的往事。

那时候，有些月光在春天的夜晚。

三月，小麦灌浆成熟，沉甸甸的麦穗在热辣的阳光下垂着黄澄澄的头，等待太阳下山，我们才去收割麦子。山里的太阳下山不久，月亮便升起来了。月光下的麦地温和了许多，我们跟在父母后面，在月光下挥舞着镰刀。只听"咔嚓咔嚓"的脆响，麦子便被放倒一大片，有时候麦芒钻进衣袖，把手臂的肉扎得生疼。母亲说："今晚月亮很亮，明天不会下雨，我们加紧割！"在村人心里，庄稼只有收到粮仓才是真的得到。他们与大自然相处得久，已经学会了给大自然把脉。如果明天下雨，打湿了割下来的麦子，以至于麦粒长出芽来，以后磨出的面粉做成馒头便有些甜度，失去了麦子的原味。

月光如水，我们拖着疲惫的身体，坐在地里的石头上休息一通，然后又身披月光，争分夺秒地收割麦子。

对我们小孩子来说，最难的就是捆麦把子。麦子割下来要放整齐，不能乱，不然捆的时候还要整理，特别麻烦。母亲捆的麦把子匀称、整齐、干净。只见她麻利地将麦把子一拧，快速横放在地上，再将分好的麦秆铺上去，用脚从麦腰处一蹬，同时拉紧麦子一翻一拧，漂亮的麦把子就捆成了。于是，我学着她的样子，也一拧、一甩，结果麦子在空中四散落下，一片狼藉。

那时候，有些月光在初冬。

冬小麦，在地里已经长得一寸多高了，这时候，总要给麦地多灌几次饱水，小麦才会抽穗疯长，直至开春后的拔节成熟。冬天本就雨水稀少，麦苗经历了几次干渴的阵痛，不得不给它们喝一顿饱了。

我们村子只有一条水渠，水从很远的地方引来，从上而下，流经几个村子。"近水楼台先得月"，离水源较近的村，都会事先将自家的田地灌得满满当当，剩下的水流出来蓄在山顶的大水池。说是水池，对我们来说，那简直就是一个水库，平时，我们从来不敢靠近，因为有一年，邻村的疯子李将周岁的侄子丢进了水库。

我家放水，大多在有月光的晚上，一家人分工明确。我和弟弟守在水库旁，防止其他村子的人在源头就将水放走。我们这个任务简单，守住水源就行了。我爸在水流经的长长的沟渠上下来回跑，这一长段沟渠，两旁都是高大的桤木树，落叶覆盖下的水沟，不一会儿水就会漫出来，要不停地用锄头掏沟渠。缺口也很多，转身就被其他村民放进自己的麦地，劳动量非常大。

母亲的任务也很重。我家的土地是山地，如果没有人在地里引，水直接从地面跑过，还会将土地冲出一道道深沟。只要水一流进我家地里，母亲就一阵忙乱，截流，堵水……她的鞋子早就灌满了泥浆，每一次抬脚都呱唧呱唧地响。

有时候，遇到地鼠打的洞，水直接流进洞里，不一会儿，麦地便被冲出大豁口，这下母亲先搬来石头塞进去，再挖来大量泥土填进去，这一切都在月光下完成。等母亲挂锹歇息的瞬间，我仿佛听到麦苗在焦渴中张开

毛孔痛饮甘霖的声响。

　　月圆又月缺，无数人都在月光下为一日三餐奔忙，那时候的月光落在碗里，那是平凡又简单的人间烟火。

家有小女

女儿一直不喜欢喝水，这是小毛病。于是，给女儿买了可爱的杯子。

那天是女儿带水到学校第一天。中午女儿放学回家一进门就说，杯子被学校一男生不小心打碎。打碎杯子的男生说："对不起，你的杯子多少钱，我赔你。"女儿说："我妈超市买的，二十八元。"男生："我没零钱，算了，给你三十元。"

虽然是一个杯子的小事情，突然被这小男生敢于担当的气质感动了，想到他家里的家庭教育也非常不错。于是乎，给女儿两元，给打碎杯子的小男生找零。让那个小男生从小有担当意识，也让女儿知道不贪小便宜亦是女生的魅力。

那年，女儿十岁。

有段时间，我因为"国培"工作，在离家三千米的县城新区上班，中午回不了家。为解决女儿的午饭问题，我给了她一百块钱，让她中午放学后到门口的饭馆点一菜一汤，吃饱再上学。

下午，我回到家，看到客厅的茶几上摆着一个面碗，里面还有少许残汤，一小块煎鸡蛋。我走进厨房，只见小平锅的面汤里一根多余的面条都没有。这时我才明白，女儿中午并没有去门口饭馆吃饭，居然自己煮了碗煎蛋面条来吃，分量也刚好，一根面条都没浪费。

下午，女儿放学回家，说中午自己煮面条吃，将节约下来的钱，拿出二十块捐给了班里有困难的同学。瞬间，觉得女儿长大了。

独立又善良的小姑娘，真的会散发光芒。

那年，女儿十一岁。

那年夏天，我在成都参加"国培"。妹妹带着母亲、我的女儿还有一对双胞胎侄儿到成都来玩。

白天，妹妹带着他们四处逛逛，吃好吃的，带孩子们去游乐场玩，我在温江区的成都师范学院学习。晚上放学后，我搭地铁回到市里，跟他们住在一起。

可能母亲不太适应成都湿热的气候，过了几天，她的那双脚肿得像个馒头。妹妹给她买了些药涂抹，未见效果。

一周后，妹妹因为有事不能同他们一同回家。于是，我和妹妹将他们送到了石羊场开往冕宁的客车上。

到了冕宁，他们找到旅馆安顿好，女儿便提出要下楼买些东西。经过我母亲的同意，并接受完我母亲的"要注意安全""不能乱跑""快去快回"等一大堆叮嘱后，女儿"噔噔噔"地下了楼。

不一会儿，女儿进门，一手提着一袋零食，一手拿着一只盆子。母亲奇怪地问她："这都要到家里了，你还买只脸盆干吗？"

女儿说："家婆（外婆），您的脚肿那么厉害，我给您在烧水壶里烧点烫水，您烫烫脚吧！"

后来，我们放假回到老家，母亲说："我两个亲生女儿都没想到买个盆子给我泡泡脚，我的小孙女反倒想起来了。"

那年，女儿十二岁。

家有小女，无比欣慰。时光静好，愿她慢慢长大。

山河忽晚，人间已秋

今日立秋。

仿佛还没晒够盛夏的阳光，还未吹够盛夏的暖风，倏忽间，秋天就来了。我是怕凉的人，即使大热天，也手脚冰冷，如果恰逢下雨，我的双足会升起凉意，直达心脾，那股沁人的寒冷总是在心底蔓延开来，年纪越大，居然越怕下雨。

这个夏天，没有下过几场雨。可是我却寒意弥漫——痛失了两位挚爱的亲人（爷爷和外婆）。他们也怕凉吧？没有等到"寒风吹雨入寒窗"（元稹《闻乐天授江州司马》）的秋冬，选择七月盛夏，驾鹤西去。

爷爷离开，是在上午。下了雨的天气，突然放晴，灿烂的阳光穿透云层，仿佛为爷爷架设了一条通往天堂的金光大道。

爷爷的这一生，是勤劳的一生。他三十多岁失去爱妻，独自抚养了我父亲等七个儿女，再未续弦。那个衣不蔽体、食不果腹的年代，他在拉姑萨那座大山上勤恳耕作，种出玉米、土豆作为主粮，种出的黄豆在秋天收获后，留出一家人制作豆花的数量，剩下的用马匹驮上，翻过几座大山，去换回过年吃的大米。无论岁月如何艰难，他也没让子女们饿着肚子，甚至还供养我的父亲、二爸、三爸上完了中学。

爷爷还开荒种地，养了牲畜。爷爷在拉姑萨一个叫"蘑菇厂"的地方搭起了茅草屋。茅草屋的四周都开了荒，种上了玉米、四季豆、南瓜；还搭起来了圈棚，猪、牛、羊、马等都被爷爷养起来了。

爷爷勤于打理土地，施上好的农家肥。在他的地里，玉米秆壮实，玉米棒子结实。到了秋天，从蘑菇厂背回来的玉米躺在爷爷家里的楼板上，一片金色。黄澄澄的玉米一堆又一堆，如座座金山。入夜，寨子里的人们都来帮忙剥玉米皮，大家围坐在玉米堆四周，玉米堆的顶上点着松光，从门缝溜进来的丝丝秋风，将火苗吹得左右忽闪，忽明忽暗。我坐在玉米堆顶上，听人们唱起了山歌。

爷爷最喜欢骑马。在老家，交通不方便，爷爷出门的交通工具就是马匹，骑术当然异常精湛，但是有一次，爷爷却在骑马时"失了手"。

那次，爷爷带着我十四岁的弟弟出远门。他们一人骑着一匹马，走到山上一处树荫斑驳、山泉流淌的地方下马吃干粮。再次上马出发的时候，弟弟因为怕马调皮，便请爷爷为他拉着缰绳他再骑上去。爷爷一听，便说道："你堂弟才七岁，没马鞍的时候，自己跳上去就骑走了。来，我给你示范一下！"说时迟，那时快，爷爷已经腾空跃了上去，眼看就要坐到马背上了，马儿突然往前一跑，爷爷便重重掉到了地上，所幸下面都是松软的落叶腐土，爷爷摔下来一点也没事。后来，每每爷爷谈起这件骑马生涯中的"糗事"，大家便捧腹大笑。

外婆年轻时勤劳善良，歌喉动人。九十高龄的她也在七月的一个午后离去了。

小时候，我是外婆的小尾巴，她走到哪里，我跟到哪里。春天插秧的季节，外婆用碳背篼背秧苗。去的时候，我站在她背上的背篼里；回来的时候，她背着大背篼秧苗，怀里还抱着我，我望着外婆流得满脸的汗珠咯咯笑。

秋天，外婆顶着烈日去玉米地里打猪草，我背着种子兜兜跟在后面。我学着外婆的样子将割起来的猪草一把一把丢在身后，凑得多了，再统一装进背篼。后来记不住自己的猪草乱丢在哪棵玉米下面了，就开始在地上打滚哭闹，硬说外婆"偷走"了我的猪草，哭闹得累了，便睡着了。外婆背着猪草，怀里还是抱着我，回家。

我亲爱的爷爷和外婆走了，甚至没有等到我见他们最后一面。人世的光阴，总是悄然而逝，这就是人生。人生很长，长到再跌宕起伏的戏剧也不过是人生的一个缩影；人生很短，短到几缕简单的思念都没机会说出口。

秋天，我还想起了很多秋事。这些关于故乡和亲人的往事烙印在心里，无法拭去。

我想起了秋天玉米地里收庄稼的母亲，想起了端着盛得满满一簸箕的黄豆站在秋风里扬场的母亲……

人间忽晚，山河已秋。时光洗礼后，愿那些不可言说的沉默，都与岁月相安无事；愿那些卷土重来的情绪，都与悲愁和解。

今天，我请客吧，一起去吹吹初秋的晚风。

秋天，一场质朴的回归

立秋那天，很多人都在晒秋天的第一杯奶茶，甚至地产商也以此为噱头，说秋天的第一杯奶茶算什么，直接上秋天的第一套房。我不爱喝奶茶，过于甜的食物，一直都不喜欢。我喜欢旅行，从不纠结诗和远方的田野，甚至不在乎目的地，就近来一场旅行吧，因为旅行是献给有时间和有情怀之人的。

我们选择了离市区六十九千米的螺髻九十九里温泉瀑布和三十五千米处的安哈仙人洞两处景区。首先驱车前往螺髻九十九里温泉瀑布，这是我向往多时的地方。

车在国道上攀爬行驶，公路两旁的树木葳蕤葱郁，因为昨晚下过暴雨，被水汽浸润过的大山，经过山林幻化，山间雾气迷蒙，如白云的雾气在车窗外流淌，等到阳光与山风轻轻抚动，远处的山峰如水墨画般朝眼前涌来。不知不觉间，我们已经来到了普格县境内。

这时的公路两旁除了整齐干净的农家小院就是玉米地。

螺髻九十九里温泉瀑布

终于看到了瀑布，还没走到跟前，一股热气便扑面而来，温泉水从悬崖上飞泻而下，珠飞玉碎，蔚为壮观。世界上温泉极多，却难以成瀑；世界上瀑布很多，但水冰凉，不得不说螺髻山温泉瀑布真是大自然的鬼斧神工创造出的奇迹。真好，我可以和谐地融入自然，洗净铅华。

通过栈桥，我们跳进半山腰相连着的两孔泉里，顿时暖气袅袅，温热腾腾，泉水明澈，波光粼粼。跳进我们身边的游客越来越多，我们便离开这里，又通过栈桥，再往上行去。

我们拾级而上，台阶两边是茂密的森林，微风拂过，阵阵松涛。接着我们又去了"挂壁温泉"，大家游泳戏水，好不快乐。

中午饭后，我们离开了九十九里温泉瀑布，向着安哈镇出发。

返回途中，我见路边有一排高大的树木，每棵树上还顶着几朵大白花。好奇驱使我立即下车，问过旁人，才知道这就是广玉兰。这几棵树实在太高了，只能站在树下仰起头来望望那些躲在叶丛中的花朵，有的花全开了，有的还是花骨朵。开出来的花如洁白的荷花，如白玉的杯子。我第一次见到这么漂亮的广玉兰，就这样走掉仿佛有点不甘心，只见树的不远处放着一套休闲桌凳，便拉过来一张凳子放在树下，再站上去，拉过来一根开着两朵花的树枝，俯头闻了闻，一股浓香呛入鼻孔，广玉兰的花真香！拿出相机，将这两朵花留在了我的手机相册里。

安哈镇

初闻安哈，始于朋友圈里的红荞地。

一片片红荞花，在安哈这个山脉青绿、涧水长流的地方绽放出自己的绝美容颜，这美景也吸引着我来了。

步入安哈，这里是萝卜的海洋、梨子的故乡。这果香阵阵的季节仿佛让我看到梨花遍野的三月。真好啊，安哈应该还有黄叶满山，抑或银装素裹。无论哪一个季节，这个古意深深的小镇都占尽了地域特色。

萝卜地里，未见纷乱，杂草被拔得干干净净，萝卜叶子一片翠绿。拔出来的萝卜白白胖胖、高高大大，那叫一个鲜嫩。它们大堆大堆地码放在公路边，等待着卡车拉走。我从来没见过那么多白萝卜。

那么多梨因了阳光的眷顾，像红了脸蛋的姑娘，密密麻麻地坠在枝条上，一股股甜腻的馨香，扑鼻而来。

走完梨花寨，便拐进了一片松树林，再行两千米，就来到了仙人洞售票处。

去洞口的那段路是台阶，两旁整齐地种着桂花树，正是花开的季节。桂花的香味在森林里飘荡，如梦似幻。

仙人洞

仙人洞，当地彝民称"斯居色居"（神仙居住的地方），它是一处规模宏大的岩浆溶洞，根据洞中唯一保存完整的"天地之吻"石柱推测，安哈仙人洞迄今为止已有数百万年的历史，洞口在海拔两千零六十八米处，好似大自然鬼斧神工地在岩壁上开凿的一个窗口。

站在洞口，首先映入眼帘的是两侧石壁上刻着的对联"洞穿日月千秋景，石展乾坤万古情"，横联为"深幽奇险"。

我们在洞口拍完照，进入洞中，只见钟乳石千姿百态，各具特色，石针、石芽、石花、石笋、石蘑菇、石柱千奇百怪，奇妙无比。放眼望去，有的像八仙过海、群仙祝寿，有的如人面狮身、金龙啸天，有的是仙人对弈、后羿射日，有的神似海豹群、石塔林，有的宛若福禄寿三仙、牛郎会织女……你说像什么就是什么，什么都像又什么都不是，妙在似与非之间，叫人不得不佩服大自然的鬼斧神工造就出如此绝妙的人间仙境！更叫绝的是洞中有洞，洞下有洞，洞里有河，河上有桥，可谓千年溶洞，深幽奇险，飞瀑暗流、曲径通幽、一步三景、回头四象，宛若置身仙境，给人无限遐想。

快到洞口的那一段，不时从高处落下的水滴，滴落在头上、脸上。不一会儿，只听到"哗哗"的水声，走近一看，只见一道瀑布挂壁接地，水花飞溅。再转过一个弯，我们便出了洞口。

回　程

我们路过西溪乡、经久乡，回程。

西溪乡，家家户户都有果园，都种植葡萄、提子，我们将车停在路边，进园采摘。

一进果园，就被挂在藤蔓上的提子吸引，它们像被阳光亲吻过，每一颗都晶莹剔透、水润饱满，像闪闪发光的紫红色宝石。每一串提子都是自然生长，吸足山水灵气的果子圆润饱满，放一颗到嘴里，顿感汁水充盈，比荔枝还甜上几分。

卖提子的阿姨异常热情，说今天是特意为我们开园。看到园里棚高叶茂，架上紫波翻滚，我忽然庸俗起来，忍不住说："这可以卖很多钱。"阿姨说："钱可以卖不少，但是它们像人，只喜欢好吃的，那肥料都是几十块钱一袋。""哈哈哈哈……"园里回荡着我们的笑声。

采了提子出门时，阿姨又剪了串提子、摘了些石榴塞给我吃，她说石榴是软籽石榴。

我　说

秋天，漫步在如洗的阳光下，遥望清澈明静的天空，与山水对话，与花草凝眸，与清风细语，来一场旅行，无论去哪里，都以"最"的姿态给生命最质朴的回归。

世间的遗憾，都是另一种成全

去看黄联土林，那片神奇的地貌景观。

出城上京昆高速，往攀枝花方向走了三十多千米，在一个叫"黄水"的收费站下了高速，直奔黄联关镇而去。

车行路上，农舍和村庄接踵而来，道路两旁的红色三角梅花开得正艳，我们犹如走在一轴长长的风景画中。漫山遍野高高地矗立着风车，银白色，正随风转动，成为一道宏大的景观。

在来之前，多少对黄联土林做了一点攻略。在西昌，邛海和庐山名扬在外，掩盖了一些土林的光芒，她如一个养在深闺的女子，好多人未识。我想走近她，亲眼看看她的一番风采。

当我们到达景区门口，来到售票处一问，才被告知，里面正在改造升级，不能进去看了。心中顿时升起一股遗憾，只能在门外拍了一张照片，匆匆告别。

在西昌一家电子报刊上还读到一则消息，有回乡创业的人在黄联镇打造了一家占地三十六亩、主题为"水墨忆江南"的休闲地。我们又向她奔赴而去。可这次在导航上找不到，停下车来问了很多人，最后才得知在双龙村。

在公路左侧，我们找到了这个地方，可是正在打造，并没开放，难怪在导航上找不到呢。我从开着的小门进去先睹为快。只见里面假山怪石，小桥流水，亭台楼阁，小院回廊一步一景……等到开放的时候，诗意江南将邂逅阳光西昌，那定是一种别样的惊艳。

没看到想看的风景，我们便来到了"石榴之乡"大德村。这里的千亩石榴地种出的石榴，软籽，颗粒大，味道鲜美，远销欧美，备受青睐。我们随便找了道路旁的一户人家，走了进去。这家几口人围坐在一起，在门口有遮挡的阴凉下摘着黄豆角。听说我们买石榴，主人便带我们来到屋后的石榴地里。

站在石榴园里，枝繁叶茂的石榴树上挂满了鲜红的果实，一个个石榴点缀在绿叶间。红润饱满的石榴在阳光的映衬下显得更加夺目。我取下石榴套袋，用剪子"咔嚓"一声，便剪下一枚果子，于是诞生了几张石榴采摘图片。

剥开一个石榴，如凉山的南红玛瑙般晶莹剔透，色泽红艳，尝一口，清甜多汁，从嘴里甜到心里。细小的籽一嚼就碎，几乎可以忽略不计。早就听说会理软籽石榴远近闻名，只是离我路途较远。原来，在黄联就能吃到好吃的石榴。

石榴林里，几只憨态可掬的大白鹅踱着八字步，优哉游哉地从石榴树下经过，徜徉于这绿波中。浅蓝天空，绿色山野，成片的石榴林，视线所及皆是美好。

来回九十多千米，没看到想看的风景，却吃到了美味的石榴。也许世间的遗憾，都是另一种成全。

是滋味，是情怀

腌豆瓣

在老家农村，几乎没有宏大的叙事，大多是小老百姓最寻常的日常。在我家门楣上挂着一本黄历，日子被母亲过得明明白白，一入冬，母亲便陆续开始做冬天的吃食。

在老家的冬天，每顿饭的餐桌上都有腌豆瓣。母亲做的腌豆瓣色鲜味香，多用来佐饭。

制作腌豆瓣的主料是干蚕豆。筛选出来的蚕豆粒大饱满，先用清水洗净，再放入清水中泡发。一粒粒蚕豆吸饱了清水，外皮发皱，这时候，用手捏着蚕豆轻轻一挤，蜕去外皮的蚕豆就蹦出来了。虽不是汪曾祺先生笔下翠玉般的嫩蚕豆，有着清甜的汁液，此时的蚕豆已经失去当初莫名的新嫩，可这成熟的样子，有着淡黄色的饱满，那是它们曾经生长在浩浩莽莽的原野中，争风水，抢阳光，长成自己的风姿，最终才被搬上餐桌，修得圆满。

剥去皮的蚕豆盛在宽敞的竹编簸箕里，放在太阳底下将水汽蒸发九成。这时候的蚕豆，许是吸收了太阳的精华，一颗颗变得内敛，安静地躺在簸箕里。

母亲给它们盖上一层厚厚的稻草，放在阴凉通风处，任它们发酵。过了些日子，掀开稻草，只见每一颗豆瓣都长出鹅黄色的茸毛，一眼望去，毛茸茸的，如一只只刚孵出来的小小鸡，争先恐后地想要蹦出簸箕。这时，母亲说，这一道工序，豆瓣只有长黄色的茸毛才能吃，如果长出来黑色的茸毛，说明豆瓣腐烂，那就不能吃了。

接着，母亲将发酵好的豆瓣倒入大盆子里，将剁好的小米辣、生姜、大蒜和花椒粉一股脑放进去，再加入自己酿造的高度白酒和盐——盐也不能少加，否则做出的腌豆瓣会发酸，味道就打了折扣。开始搅拌了，每一颗豆瓣有了佐料的包裹，显得异常富足，将搅拌均匀的豆瓣放入一个土坛，再倒入菜籽油，量以刚好淹没豆瓣为宜。加菜籽油，是为了封住味道，同时让腌豆瓣保存的时间更长，吃起来也别有风味。最后封上土坛，隔绝其他油腥味和风。

密封二十天后打开坛子，舀出来的腌豆瓣色泽红润，远远就能闻到十足的香味，吃起来辣而不燥，味道醇厚。

卤豆腐

豆腐乳是中国流传上千年的特色传统民间美食，是我国特有的发酵制品之一。连《本草纲目拾遗》中都记述："豆腐又名菽乳，以豆腐腌过酒糟或酱制者，味咸甘心。"

在老家，豆腐乳被称为"卤豆腐"。

在农村，每个家庭都会在种主粮的地里腾出一块来种黄豆。不用化肥，不用农药，只用土粪，产量不高，但绝对没有污染。

母亲把黄豆拣得干干净净，一个有虫眼儿的坏豆都不要，拣过的黄豆就像金豆一样光亮好看。用水把黄豆泡上一个小时，等豆子膨胀以后，就用机器打出豆浆（从前用石磨），再倒入锅里烧开，过滤，点胆水——这道道工序在母亲手里一气呵成。

不一会儿，锅里的豆腐凝固，被切成小块，放置在筲箕里一整天以滤干水分。第二天，它们被搬到早就垫好稻草的簸箕里，一块块码放整齐，又盖上厚厚的稻草，放在阴凉通风处，静待发酵。

一周左右掀开稻草，每一块豆腐都长出白毛。这些白毛看起来可能有

些可怕，实际上却大可不必担心，豆腐块上生长的毛霉来自空气中的毛霉孢子，对人体没有危害。

这时候，将准备好的辣椒面、花椒粉、生姜片，盐和自家纯粮酿造的高度白酒一股脑拌和在盆里，用干净的筷子夹起豆腐块蘸满佐料，逐层码放在土坛里。最后将剩余的佐料倒入土坛，清理好坛沿，密封保存。

十五天左右打开土坛，用干净的筷子夹出几块，只见色泽红润，吃起来无比细腻，口感犹如奶酪一般，这是一道绝美的下饭菜。

虽然腌豆瓣和卤豆腐都是家乡农村常见的菜，几乎家家都做，但不一样的工序、功夫下不到位，味道就会有很大的差别。母亲做腌豆瓣和卤豆腐的手艺，可以说在家乡无人能比。

在过去穷困的年代，农村物资匮乏，农民生活苦寒，那时候的冬天，天寒地冻，地里一片荒芜，人们几个月难得见一片青菜叶，腌豆瓣和卤豆腐就是农民生活的主菜，那是一种跨越季节的贮藏。

如今，老百姓的生活条件越来越好了，地里什么都能种出来，市场上什么都能买到，可是每年，我都让母亲给我做一罐腌豆瓣、一罐卤豆腐带到我道孚家里的餐桌上。有时，母亲还给住在县城的大姨带去。

《舌尖上的中国》里有一句话："这是盐的味道，山的味道，风的味道，阳光的味道，也是时间的味道，人情的味道。"这种刚下舌尖，又上心间的味道，于我来说，是一种根植在味蕾里的滋味，又是一种铭刻在心底深处的情怀。

寒夜客来茶当酒

冬夜，气温骤然降到了零下好几摄氏度，寒气从四面八方汹涌而来。这样的夜，离寒冷最近，离温暖最远，于是，向往一盆炭火、一碗热粥、一杯热茶，或者一个温暖的怀抱。这样的夜，又让我想起曾经与亲人的围炉夜话。

雅砻江河谷的冬天是一年难得的农闲季节。那时，我们可以沿着雅砻江逆流而上，去木里县俄波乡的姑妈家住一段时间。沿着江边走完公路，便开始上山，一边山壁，一边悬崖，冬天的风吹起来，卷起黄土，等到了小堡子的姑妈家，我们才知道浑身被土包裹着，只露出眼珠滴溜溜转。

姑妈家居住的小堡子不大，二十多户人家都是姑父的亲人。他们在这里依山而居，邀山入室。一方水土养一方人，这里土地肥沃，粮食丰富，姑妈和姑父都是非常勤劳的人，除了将土地打理好，种出各种农作物，还养牛。牛奶和炼出的酥油奶渣自给自足。这里的人们酷爱喝茶，"宁可三天无油盐，不可一日不喝茶"是对这个堡子最真实的写照。

这里也算雅砻江河谷地带，但海拔较高，属于高山地区，昼夜温差大，虽然四周绿树葱郁，可是阻挡不了风的脚步，冬天的风呼呼地吹。夜晚的人们围坐在火塘边，听着松枝"吱吱"地燃烧，火苗欢乐。姑妈把煮茶的用具拿出来架在锅庄上。这是一个有把手、无盖子的精致小铜器，放入一把藏茶，倒入水，不一会儿，茶水咕嘟，升腾的热气仿佛正在驱走冬夜的寒冷。

137

这里煮茶的水不是清泉，而是高山涧水，我一直觉得那是雪融化而来，带着一些来自浩瀚长空的灵气，洁净清爽，这样的水在与陈年老茶充分沸煮后，茶汤色浓味苦，久煮回甘。

煮好的第一道茶倒入小小的木桶，放入酥油、鲜牛奶、盐巴、茶料，姑妈便跪地搅拌。那茶桶实在太小了，刚好能装下这一小铜壶里的茶。姑妈挨着倒入几个小碗，火塘里的第二道茶又煮开了，这时，大家一起喝着茶，向火深谈；屋外寒气逼人，屋内温暖如春。

母亲喜欢制茶，姑妈喜欢煮茶。最喜这个"煮"字，茶汤温顺，氤氲翻腾。煮是过程，是等待，是变化，是惊喜。煮茶只在木里县的姑妈家才能听到，其他地方都说烧茶，缺了那么点韵味。但不是所有茶都适合煮，只有这种发酵重的茶叶才能与"煮"字相匹配。

茶不知煮过了几道，人们似乎意犹未尽地从火塘边散去。

"寒夜客来茶当酒，竹炉汤沸火初红。"（杜耒《寒夜》）这样的场景，特别是在高原寒冬，尤使人怀念：一碗热气腾腾的茶，能让经过萧索寒冬的人从内而外地暖和起来，屋外朔风凛冽，塘内火苗点点，茶汤流动，茶香流转，好一幅冬夜饮茶乐融融的画卷。

一花一世界

几场微沁寒凉的雨后，高原蓦然退去一身的荒凉，每一片旷野，每一块滩头，每一堆乱石的夹缝里，都盛开着各式各样的小野花。在高原，每一朵花，都是格桑花。

这些花有的成片绽放，比如草玉梅，它纤细的白色花朵傲立茎上，片片细碎的花瓣尽情舒展，坦然地接受着阳光雨露，一株挨着一株，微风起处，兀自摇曳。还有的花开成串，比如狼牙刺，它们在灰绿的细叶中露出精致含蓄的花朵，或紫色，或白色，一串串相互簇拥，索取着彼此的温暖。川西小黄菊也从灌木丛中挤出来，温暖的黄如一枚枚撒落在高原上的明媚徽章。"莫道农家无宝玉，遍地黄花是金针"，置身滩头，成片的野决明在温热的阳光下泛出璀璨的艳黄，锦绣妩媚。

下过雨的山间，氤氲着潮湿的雾气，一树一树的山梅花散发出无限的香，令人刹那间迷醉；川赤芍最大气，开着艳丽的花，一大朵一大朵，略显招摇；蛇床子头顶着一大团白花，只因它是一味中药，所以格外有意味。

藏波罗花娇媚地镶嵌在稀疏的草地上，还有的从石缝里、砂土中冒出来，我觉得这是孤傲得充满禅意的花。它的粉红艳丽妖娆，仿若佛陀拈花一笑。河堤旁，生长着一大片蓟，为保护花朵不被灼伤的刺，密集而惊恐，可淡粉和玫红的花朵，却成为鲜水河畔最美丽的色彩。

还有紫苑、马先蒿、点地梅、水柏枝、锦鸡儿……它们随意地长在旷

野里，便有了波澜壮阔的浩荡，这些花长相清幽，天生命素，它们坚守初心，异常安静，不惹是非。

我相信，每一朵野花都有自己的世界。她们积蓄了一冬的风雪、一春的雨露，绽放在夏天的高原，在熹微的晨光中低头膜拜，在强烈的紫外线下倔强昂首；在猎猎飞扬的经幡下光芒万丈，在袅袅的诵经声中回归救赎。每一朵野花都在光阴里照见前世，便成了此生不可模仿的风景。

光阴如花，高原的野花便如时光里逆行的自己，经历过风雨、践踏、泥泞、彩虹、荆棘，却依然保持绽放的姿势。

在南山，我是一只迁徙的候鸟

那年，在西昌咬牙买了套房，即便东拼西凑了二十多万元首付，即便房贷要还到退休那年，心里依然甘之如饴，毕竟在这座春天栖息的城市有了一处栖身之所。

初听"南山国际"，便喜欢上了"南山"两个字，虽不是五柳先生居住的南山，但只要在喧嚣中于心底修篱种菊，又管它是哪片南山呢？

这片小区是洋房，隔壁是同一个开发商开发的别墅，有时候我庸俗地想我是在跟有钱人做邻居呢。

工作原因，我只见过小区夏天和冬天的样子。

西昌的夏天，从四月就开始了，邻居拍了小区的照片发给我，只见盛开的蓝花楹高高地举向天空，蓝紫色的花朵在碧空下如梦似幻，将天地连成宁静惬意的烟云。放学后的孩子在树下的步道上滑着滑板车，大人们裙袂飘飘推着婴儿车缓缓前行，老人们相互搀扶、悠闲散步……这样和谐的情景从照片中看到，从朋友圈中看到。

七月，我也回了小区。这时候西昌的天气热了起来。棕榈树和芭蕉树那些阔大的叶片吸饱了夏天的雨水，越发葱绿，有些植物的花朵也更加肥硕了，一派欣欣向荣的样子。

小区门口两边的花台里种满水葫芦，它的花朵小巧精致，炫目的蓝紫色大花有六枚花瓣，最上方的花瓣中央，有一点明黄色眼斑，眼斑形状多变，就像是一只企鹅正奋力潜入幽深的海沟。

池子里，两只雕塑的白色天鹅跃跃欲飞，旁边的水草越发丰茂，紫色的鸢尾花开得到处都是，旁边大树的浓荫加深了鸢尾花的蓝紫，有的倒映在水里，在水中也开出一朵朵鸢尾花来。有小孩拿着小网兜在池子里捞着什么，我担心真能捞上几朵鸢尾花来。

傍晚，太阳落下去，暮色隐去了白天的暑气，吃完晚饭的人们又走出家门，三三两两地在小区的步道上散步。他们拉着家常，在烟火味道里等待深夜来临，有些年轻人穿着短裤短袖在步道上跑步，已经跑了好几圈，汗水从脸颊簌簌落下，依然没有停下来的意思，这样自律的人，值得我学习呀。

一年中的最后一个月，小区里陡然热闹起来，人们从四面八方回到小区。冬天的西昌，平均气温十九摄氏度左右。南山的阳光仿佛也格外温暖。天蒙蒙亮，小区篮球场上就传来拍打篮球的声音。

此时的小区，依然花香阵阵，从南山大道分叉往上的公路边种着天竺葵，白色、红色、粉色的花朵，在十二月的阳光下仿佛是一个个大花球，美得不像话。金鱼草是开花祥瑞的花卉，因花的形状似金鱼而得名，它成片绽放在小区的各个角落，株型丰满而高挑，花姿奇特，一串一串开花，就似小金鱼游动一般花枝招展，灵动又充满生机。金鱼草有很多种颜色，但是小区里只种植粉红的，为冬日的小区增添了无比的艳丽。

梅花也开了，粉色的粉面嫣然，楚楚动人，可我还是喜欢白梅。一朵朵梅花娉娉婷婷，明媚着，灿烂着，空气里都是梅花的香气，暗暗的，淡淡的，如一个隐晦羞涩的小姑娘。

这个季节，我最喜欢银荆树。银荆树是我住到小区才认识的，就在我家房子旁边种着一排。它还叫鱼骨松、鱼骨槐，叶片很小，像含羞草，每年一月，它就会开出花朵来——是不是意味着这里的春天从一月正式开始了？

银荆花开的时候，远看一片金黄，走近能看见细小的叶子和金黄色的小花球，毛茸茸的十分可爱。银荆的金色是毫不吝啬的，满树都是金灿灿的密密堆起的小绒球，明媚爽朗。花儿攒成小球，未开时从黄绿色渐渐褪去绿色，再将长长的金黄雄蕊抽出，带着淡淡香气，一个接一个的小金球挨挨挤挤占领着枝头。看它毛茸茸的样子，让人忍不住想伸手触碰。

小区外面是南山大道，大道旁的海河边是步行绿道，那儿的花草树木就更多了。河滩上，生长着密密麻麻的芦苇，河风微微，苇花窃窃私语，年复一年，不知，这一大片芦苇长成了谁和谁的蒹葭苍苍？

南山下，海河边，我如一只候鸟，保留着十万分迁徙的热情，与草木为邻，与美好为邻，在疫情尚未平复的日子，让生活变成了旅行。

粥 记

"栗桃枣柿杂甘香，菱棋芝栭俱不录"（《腊八日书斋早起南邻方智善送粥方雪寒欣然尽》），我喝过的粥没有宋人王洋碗里栗桃枣柿的香甜，也不是陆游笔下"今朝佛粥更相馈，反觉江村节物新"（《十二月八日步至西村》）那样在多病和仕途不顺中，于炊烟袅袅里重新体会生活的温暖。记忆中喝过的粥，更多的是对于填饱肚皮的满足感，但那种如温泉般的暖一直注入心田，可以抵抗后来生活的不安。

一方水土养一方人。小时候住在高山，那里海拔高，缺水，所以只能产出一些耐寒、耐旱、耐贫瘠的农作物，主产玉米、黄豆和芜菁。秋天刚收回家的玉米金黄，晚上一家人围坐一起手工脱粒，选出饱满金黄的玉米粒，用石磨碾碎，再用竹筛子滤去细沫，剩下均匀的玉米渣。

母亲把一些玉米渣放入铁锅，掺入清水，架柴火煮熟，又过滤在笤箕里。这时候拿出当年的新鲜黄豆用石磨磨出豆浆，将煮好的玉米渣和豆浆均匀搅拌在一起重新放入铁锅焖煮，煮半小时，再焖半小时。揭开锅盖，那淡绿色的馥郁芬芳，氤氲着淡淡的甜味，轻盈的热气扑鼻而来，那是我喝过最香甜的粥，老家称为"甜浆稀饭"。

你喝过酸汤粥吗？酸菜是一棵棵完整的嫩芜菁叶发酵做成，晒干后被收集在塑料袋里。做酸汤粥的时候，先在铁锅里放入一点腊猪油，炒化后，取出两棵芜菁酸菜，用手揉细，放入油锅一起炒，再放少许盐，倒入适量清水。筛玉米渣子剩下的玉米粉，待酸汤开后放入，一起搅拌，不一会儿，黏稠的酸汤粥就做好了。

那时候喝的粥跟大米没有关系。那个年月，能够在一抔抔薄土里刨出这样黏稠的粥，已经算过上顶好的日子了，这得益于母亲的勤劳还有她对精致生活的用心。

除了熬制的粥，后来有了罐装八宝粥，那可是稀罕物，我们只能在电视的广告里看看，想象它的美味，在心底悄悄埋下一个能喝上八宝粥的愿望。有一天，父亲从工地回家，他是一个非常爱干净的人，回家第一件事情就是换下脏衣服，洗把脸，把自己收拾得整整洁洁。那天，他一到家，就从衣袋里摸出一瓶罐装八宝粥递给我，那大红色的罐子只在电视里见过，那一刻就那样出现在我的面前，我高兴极了。父亲帮我打开罐子，取出里面的那把小勺子，他又找来三个小碗，分装在里面，递给我们三姊妹。那刻，我才仔细地看到浓稠的米汤里，红中渗紫，紫里润黄，黄中染绿，喝一口在嘴里，甜香四溢，几口吃完，粥的香味依然留芳齿颊间。这么好喝的粥，父亲为什么不喜欢？这个问题困扰了我很久，直到后来，家境好了，父亲往家里一箱箱地买回来我才明白，原来父亲是喜欢吃八宝粥的。也才知道，当年的那罐八宝粥是父亲干活的工地上一个内地工头送给他们每人一罐的，又饿又累的工友们都一口气喝了下去，只有父亲把他的那罐放在衣兜里带回家给了孩子们。

参加工作后，暑假去成都读成人大专。八月酷暑，我们拖着厚重的行李在狮子山校区附近的公路上寻找住宿，实在走不动了，就叫来路过的人力三轮车。师傅是一个六十来岁的老年人，个子矮小，但是精神矍铄。我们看他年纪大，都不忍心坐上去，只将行李放进车里，然后跟在他的三轮车后面一路走着，找了好些地方才终于安顿下来。天色向晚，本来说好付他十元钱，我们三个多给了他五元。他一边收钱，一边快乐地说："今晚上喊老婆子煮个稀饭，炒两个素菜，我买瓶啤酒回去喝起。"然后蹬着他的三轮车哼着小曲告别了我们。那晚，虽然我不知道这个老人的妻子为他熬了什么粥，但是他跟"鬼怪大师"蒲松龄喝粥如出一辙——"粥加酒，喝晕头"。那晚，我还幻想了一下，这对老夫妻佐粥的小菜是什么呢，难道是新笋、豆荚那样的雅物？还是苕尖、空心菜之类的俗食？无论如何，

料理界的混搭古有蒲松龄，今有川师大巷子里拉人力三轮的老人。

前年，我去成都学习，平时住学生宿舍，吃学生食堂，让我这个没有上过一天正式大学的"学生"好好过了一把大学生的瘾。平时上课，我从来不缺席，放学后就去学校逸夫图书馆一坐到深夜。周末我去学校附近的"清粥小菜"喝粥。在那里，我见到了各种各样的粥，如百合粥、南瓜粥、排骨粥、玉米粥、鲜虾粥……见到了佐粥的各式各样的小菜，如豆芽拌荞麦、凉拌油麦菜、茶树菇鱿鱼须、葱油韭香淋腰花、豇豆牛肉丝……也见到了五花八门的小吃，如冰凉夏日、菠萝水晶饼、手工牛肉馅饼、蒜蓉凤尾虾……有些肥滋滋甜腻腻的日子，是能让一顿清粥小菜中和的。

清粥小菜，不亦快哉！

三月，把时间酵出酸味

"不是菜中偏爱芥，此菜吃尽更无菜"，如果在百菜之中一定要选一位君子，非芥菜莫属。我家菜园一定有一个位置是留给芥菜的。在老家，芥菜被通俗地称为"青菜"。

青菜耐寒也扛热。冬天的早晨，呵气成冰，地里的白菜、萝卜都覆盖着一层干透的玉米秸秆，如盖着一床棉被，在地里温暖地过冬。只有青菜在露天里迎着冰霜，不惧寒冷地生长。它们菜秆直立、叶片肥厚，因为覆了冰霜，吃起来更加爽脆甘甜。

年后入春，气温陡然回升。包心白菜乍一看去，白胖可爱，等你剥开外面的几片叶子，才发现内里已经烂成"稀泥"，这不由让人想到老家的一句谚语："马屎皮面光，里头一包糠。"萝卜和散叶白菜也不够含蓄，迫不及待地开出花朵，可能这就是"给点阳光就灿烂"吧。地里，只有青菜依然葱绿。这时，它承担了一户人家餐桌上绿色蔬菜的唯一角色。可以将它切碎炒，可以做成青菜汤，但是做成酸菜，才让它实至名归。

三月，青菜的叶片经历了冬天的霜雪、春天的阳光，显得更加肥厚。这时，掰下叶片洗净，放入锅中滚水里氽几下捞出，隔绝油味，再放入一个密封的腌缸里，静静等待时间的发酵。这段等待的时间是懒慢悠闲的，犹如纸上行草，徐徐缓缓，你可以在三月的阳光下赏花，比如樱桃花、梨花、杏花、桃花……你可以在三月的春光里种地，种下番茄、辣椒的种子，静待发芽。你也可以在夜晚拜访月亮，看空旷的春夜，月亮如何在云

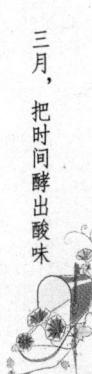

中闲躺，又如何冲破云层洒下微光。总之，时间在发酵。

一周后，掀开腌缸的盖子，一片片葱绿的大青菜在缸里获得重生，以另一种形式打开人们的味蕾。脆韧爽口的酸菜散发出令人愉悦的、开胃的酸香味。老家人对它的情感可毫不掺假，就像四川人对火锅，山东人对煎饼大葱，兰州人对拉面……

在老家，酸菜的吃法各种各样。素炒酸菜、魔芋炒酸菜、麻辣酸菜鱼、折耳根凉拌酸菜，有时候还做成酸菜牛肉包子，一蒸笼一蒸笼的牛肉酸菜包子，冒着腾腾热气，酸菜香、酥油香、牛肉香，层层叠叠的香气，蒸腾而来。

过了些时日，地里的青菜抽出菜薹。这就是青菜最后奉献给人们的好东西了。抽出的青菜薹又脆又嫩，这时就用它做成冲菜。

冲菜第一就是"冲"，一入嘴就有股似辣又非辣的感觉由鼻腔直冲脑门，刺激得人泪水涟涟，甚至喷嚏不断。感觉有点像芥末的味道，但又比芥末温和许多，比起辣椒又多了很多说不出的韵味。总之，又下饭又美味。

洗净的青菜薹切细放入一个带密封盖子的容器，当水滚开后，将开水淋下，保证每一根菜都被烫到，但时间不能长。尤其不能将菜薹烫熟。趁热迅速盖上密封盖子，等待一夜后，经过其自然轻微发酵，就有了"冲味"。这一夜，不用去问明月千古，一呼一吸，时间缓慢流淌，美味就是时光里等待后的细雨微风，舒服又惬意。

吃冲菜的方法最简单，酱油、盐、味精，如果喜辣，放点红油一起拌和，那种吃起来即使涕泪俱下也放不下碗筷的感觉，你一定要体验一次。

密封容器里几天没吃完的冲菜，你不用担心会坏掉，其实它在时间的流淌里已经酵出了酸味，又变成了酸菜。

吃惯了大棚菜或者其他应季蔬菜，味道还是略显寡淡，幸好还有青菜。它浓缩了一个冬天的地气，在三月，把时间酵出酸味，将冬天憋闷的苦寒，从春天赶了出去，如赶走一场无疾而终的恋爱，从此，与接下来的季节情投意合，相安无事。

恐蛇记

我对蛇的恐惧与生俱来。

小时候我住在石板房，每晚的梦魇都关于蛇。大大小小的蛇都朝我爬来，一会儿爬上我的身体，一会儿缠住我的脖子，令我窒息，无法逃离，那样的夜，我从惊恐中号啕着醒来。

上了小学，认了字，我在《故事会》里读过一篇文章，大概讲的是，一户人家莫名其妙地便会死人，死去的人全身肿胀，面孔发青，后来才知道，他家房子的屋梁上缠着一条毒蛇，每每这户人家煮饭，它便会往锅里吐出一些毒液。那个故事的插图，是一条缠住屋梁的毒蛇，粗壮有斑点，看着不禁令人脚底发麻。从此，文字叠加了我的想象力，觉得蛇不仅外形恐怖，而且内心冰冷又恶毒。

还看到一本书里记载，古代有种叫"蛇池"的刑罚，犯了罪的女人被推到蛇池里，那种绝望我无法想象，只觉得它比"车裂""五马分尸"之类的更加残忍。

几年后，我家搬了家，有了一楼一底的石板房。我每天去看屋梁已经成了习惯，甚至木棒、绳子都能在我的眼里幻化成蛇。

老家大年三十有除尘的旧俗，据说只要藏好绳索类的物品，来年就鲜少见蛇。除夕那天，我争着抢着包揽了这项任务，甚至把鞋带都解下藏进储物间的最隐蔽处。即使把藏绳索这件事做得如此细致，后来的日子，我依然没有少遭遇过蛇。

149

有一次，全家去承包地里割草。时值九月，蔓草青青，我爸妈一会儿就割满了背夹子，装不下的就让我用背篼背，就在我去抱草途中，一块大石头上居然横亘着一条魔芋秆一样褐色带斑点的东西，可能受了我的惊吓，它慌不择路，一下子朝我的方向迅速爬了过来……

"蛇！"被吓得魂飞魄散的我三步并作两步跳到了父母身边。从此，那块地成了我的禁忌。后来得知我家没有承包那块地了，倏忽间，内心轻松不少。

夏天的村子太阳炽烈，气候炎热，母亲一般早晚下地劳动，白天和村里的妇女们坐在阴凉处做针线活。我和妹妹也喜欢跟着这些阿姨凑热闹。有一次，我们依然坐在一个土堡上有说有笑，感到口渴的我回家拿水。那段回家的路不算长，可几乎是上坡，我边走边喘。回家拿了水杯又原路返回准备继续扎进人堆。路边长着许多桤木树，一字沟边排开，逐水而居，夏天的桤木，树叶茂盛，我一边走，一边哼着歌。猛一抬头，好家伙，一条大青蛇正缠在我头顶的桤木树干上，头向着我歪过来，嘴里还吐着信子。我嘴里胡乱哼着的歌，变成了大声喊出的："蛇！"我又被吓得三步并作两步跑到人堆中间站着，依然心有余悸。老家把这种青蛇叫作"青竹标"。从那天开始，我宁愿绕路，也不愿再走过那条小路。

上中学，我到了县城。海拔陡然增加不少，遇见蛇的机会很少了，我说不出的庆幸。可是在老家，我母亲却每每与蛇近距离遭遇，又令我忧心不少。

一次，母亲要去帮村里的人家下地干活，嘱咐正上小学三年级的妹妹午休回家，给牛圈里的几头牛添加草料和清水，妹妹爽快答应后便背着书包上学了。

因为天气太热，那户人家的午休时间提前了。母亲便先回家去为牛们添加草料和水，刚打开几张牛圈门的板子，便看见一团褐色的东西，仔细一看，原来是一条褐色带斑点的大懒蛇盘踞在牛圈门内。母亲心里一紧，一边强忍着内心的恐惧，一边庆幸自己早点回来处理它，免得吓坏妹妹。母亲赶紧找来一根木棍挑着它甩得很远很远……

前几年，我家院坝的水池里，从下水道钻进来一条大懒蛇，它太大了，那个小水池只能容下它盘着的身躯，它找不到下水道的入口，不知道它在那儿其实已经待了多久。这种蛇在老家被称为"麻瘟丧"，很懒，也很笨拙，老是给人带来一种强烈的不适和莫大的恐惧。

如今，我家的石板房已经变成了三层小洋楼。一楼的玻璃窗都被弟弟安了一层细密的纱窗，一年四季都紧闭着，也不用担心屋梁上什么时候会缠着一条蛇。家里也不再养牛，昔日的牛圈被腾空改造，整齐地堆放着一些从前的农具。

我家院坝宽敞，靠近屋后公路的一角，弟弟焊了阳光棚，下面码放着木柴。去年的一天，我们在院坝吃饭，邻居小华木从屋后路过，说正好看见一条大蛇爬下公路，钻进我家柴房。每次暑假回家，我去取柴烧饭，都会在心里默念着："成蛇钻草，成龙上天。"希望真的可以渡蛇，让它们不再出来吓人。

老家出没的蛇，种类很多，我亲眼所见的蛇就有菜花蛇、赤链蛇、蝮蛇、青蛇……

今年，我给母亲买了一些蛇灭门种子，据说这是一种能驱蛇的植物，母亲把它们种在了屋子周围。无意中我还看见有驱蛇粉在售，也买了一些。往后，希望蛇们畏缩不前，望而却步。

人间烟火气，莫过于九龙腊肉香

在九龙，杀完年猪，那砍成一块一块的猪肉，各有各的名称，从猪头开始往后数，分别是项圈（猪脖子的肉）、宝勒（猪身）、坐墩儿（猪臀部）……砍好的肉一条条堆在簸箕里，撒上盐和九龙花椒粉腌制半小时，就挂上火塘或者灶门上方。

开始熏制腊肉了，点燃核桃外壳，袅袅的烟钻进猪肉的每一道纹理，发出悠悠的核桃余香。

第二天，则用紫油树枝来熏制。紫油木又叫清香树，它可是一种能与黄花梨木媲美的珍贵树种，因其树叶具有芳香气味，可以提取芳香油，所以又称清香木。它的果实成熟时为红色，但其种子榨出的油则是紫红色，故由此得名紫油木。

它喜爱阳光和水，适应力很强，但是生长很缓慢，在后山上有一些，但是路途遥远，来回得耽搁半天时间。所幸我家地里的土坎上居然长了好几棵，这样砍起来就方便多了。

紫油树枝点燃后，噼啪炸响。腊肉在日复一日的熏烤中，紫油木的芳香与肉、花椒香味相融，催化出奇妙的"腊香"。这时，腊肉离开了火塘上方，被挂上了另一间通风透气的屋子的横梁，静待风干。

经过日复一日熏烤、风干的九龙腊肉沾染着风的味道、火的味道、时间的味道，故而色泽红润、芳香扑鼻、肥而不腻、精而无渣，有"一家煮肉百家香"的魅力。

九龙腊肉的吃法很多。可以切小与蒜苗、蒜薹或者青椒同炒，也可以切成薄片直接装盘，吃腊肉原味。

九龙腊肉还有一种经典的吃法。冬天，屋外寒风凛冽，家里火盆下面烧着柴火，上面放着吊锅，一家人围炉而坐，将腊肉切块与土鸡块一起清炖，这是冬天里热气腾腾又最实在的美味。

人间烟火气，莫过于九龙腊肉香

远去的火塘

　　我的故乡是野核桃林深处那堵墙边的那棵野荔枝树，是轻荡在雅砻江面的那条斑驳的小木船，更是支着三角锅庄的火塘边的暖。

　　我们被称为里汝藏族，我的族人们世代在川西南一角的重重大山深处繁衍生息，家家户户都有火塘。"火塘"又叫"火坑"，是在客厅里用石头砌成的一米见方的石坑，里面铺了土，在火塘里还立有三块石头（称"锅庄"），以备烧水煮饭之用。"锅庄"同时还是"族"的象征，每个人都要向它深怀敬意，每餐饮茶吃饭都要先向锅庄敬献一点，我们才能吃。

　　火塘边是温暖而欢乐的。每当深夜来临，我们一家老老少少就围坐在火塘边烤火取暖，欢声笑语，任凭屋后玉米地尽头的松树林里传来猫头鹰、斑鸠、马鸡阴森可怖的叫声。我的族人们经常是端了酒杯，面朝熊熊火塘，即兴而歌，有时把全寨子的男女老少都吸引来了。兴之所至，他们就围着火塘跳起锅庄，原生态的歌声在房中回荡，舞步强烈的踢踏声与木地板发出的砰砰声，与火塘里噼里啪啦的炭火燃烧声交织在一起，火塘边就变成了古朴粗犷的歌舞厅。

　　我六岁那年，又一个黢黑的夜像一张黑布挂在土屋墙壁的小木格窗子上，火塘里依然升起暗红色的火焰，火塘边又热闹起来了。白天在地里刨土豆的姑姑们、在松树林里砍柴的叔伯们都回来了，一家人打起"盘脚"在火塘边席地而坐。我搂着刚从牧场上放牧回来的爷爷坐在了火塘上位毛茸茸的黑色牦牛皮上。

阿妈又往火塘里添了些松枝，只听见"吱吱"燃烧的声音，火塘更加明亮起来，三脚锅庄上的大黑茶壶里，茶水正在咕嘟嘟地冒着热气。阿妈费力地提下茶壶，在壶嘴里插上一根筷子，将过滤好碎茶叶的茶汁倒在古老的木桶里，放上两勺盐，又从柜子底翻出卷了好几层的土黄纸，小心翼翼地抓出一小撮奶粉，又抠出一小坨酥油放入茶桶，用力地搅拌起来。酥油茶打好了，阿妈先倒了一小碗，然后用干净的柏枝蘸了几滴，虔诚地洒在三脚锅庄上。接着，她给家里的每个人都盛了一碗，然后从碗架的里层端出一个被烟熏得油亮的粑盒子，又在每人的碗里放了一小撮粑。大家用右手的中指在碗里自行搅拌，喝几大口才放下碗。那刻，我看到火塘里的火光爬满阿妈的脸颊，还看到阿妈忙碌的影子摇曳在土墙上。

　　火光明灭，茶水正酣，只听到客厅板壁的木门"吱呀"一声响，我阿爸像风一样钻了进来，身上穿着一件用牦牛毛手工制成的黑色褂子。那时，我阿爸是寨子里唯一一个走出过大山、去外面上过中学的人。

　　阿爸进来坐定，就当着全家人说，我快到七岁学龄了，他要带着阿妈和我搬出大山，送我出去上学。阿爸的这番话，在当时的爷爷听来一定是"大逆不道"的。全家人都默不作声，火塘里的柴禾被烧成了一堆炭火，可谁也没有再往里面添柴。爷爷一碗接着一碗地喝着清茶，他吞咽热茶的声音像鱼在水里吐着泡的声响，现在都清晰地回荡在我的耳边。

　　突然，伯父唱起了忧伤的山歌："大雁在草原上降落，羊羔就要离开亲人的怀抱……"刚刚还在以喝茶的方式平复沉重心情的爷爷，突然提起旁边的火钳狠狠落下，一口气敲掉了火塘里的三脚锅庄。那刻，我看到火塘里的火星四散惊起，溅在我的衣角上。那晚，火塘边的家人们怀着离别的忧伤早早散去，阿爸把火塘里剩余的火种用炭灰仔细捂住。我也躺在火塘边的牦牛皮上沉沉入睡。梦里，我依稀听见矮墙边野荔枝树上的喜鹊跟我告别，看见阿妈背水的木桶被扔在墙角里……

　　第二天，晨曦朦胧中，没有人送行，阿爸牵着我、挽着阿妈，怀揣卖掉一群牦牛换来的二百六十块钱，沿着崎岖的山路，翻过重重大山，最后乘坐着那条斑驳的小木船，在雅砻江畔的山脚安了家。第三年，我七岁，上了学。如阿爸所愿，后来的我成了一名小学教师。

辗转多年,辗转多地,记忆如一扇陈旧的门,透过岁月的缝隙凝望故乡的样子,我依稀看见远去的故乡的火塘,还仿佛看见火塘里烧得最旺的柴火,温暖且明亮。